日本推理小说经典馆

平家传说事件

[日]内田康夫 著

张环依 译

吕建中 审校

群众出版社

目　录

引言

傍晚六点二十分左右，台风十五号在潮岬附近登陆，以每小时五十公里的高速穿过纪伊半岛中央，一直北上。台风凭着中心附近气压九百三十毫巴、最大风速五十米每秒的巨大势力，不知疲倦地横冲直撞，可以说，狂风袭击了整个半岛。

将台风五十公里的时速换算成秒，每秒钟便相当于行进了十四米。由此推算，台风的东侧，瞬间吹动的则是超过六十米的强风。

纪伊半岛东侧海面也在酝酿着骚动，渐渐形成了巨大的海啸，涌向北方。

伊势湾的潮位随着气压的低下而异常上涨。

这时，狂澜怒涛争先恐后地冲了过来。南风亦肆无忌惮地直接冲击着停泊在湾内的船只。当天，因为逃避台风而停在湾内的船只中，数千吨位以上的就有十二艘。其中八艘却因不是锚链断裂就是无法操舵而漂流或触礁。大船尚且如此，小型船只的惨状就可想而知了。

到了晚上八点左右，一艘停泊在知多湾衣浦港的一千吨位的货船受海啸推挤，向湾内突进，直冲半田市的防潮堤。防潮堤被它冲出了一个约百米宽的缺口。顿时，超过三米的巨浪杀向半田市区。

同一时刻，伊势湾最深处的长良、木曾、锅田河口附近也开始混乱起来。河口区域的大型木料场也不断受到海啸的洗礼，大量直径一米以上的原木也开始摇动起来。受海浪和台风影响，木材以十节以上的速度开始飘移。无以数计的木材在黑暗的水面上似竞赛般地冲向陆地。木材在空中碰撞跳跃，向着防潮堤冲去。

饱含湿气的暗黑色南风，以可怕的速度在地面上肆意席卷。到处可以听到倒塌的声音，还时不时夹杂着如锐石般的雨珠的袭击。

黑暗中，两个身影蠕动着，好像要逃避万家灯火似的，贴着墙壁在慢慢移动。

“太郎，我们……一定要干吗?”一个带着稚气的声音提出了问题。

“那是当然。”回答的也是少年的声音。

当被称为“太郎”的少年的手摸到入口处时，两个身影不动了。虽是下了决心，但事到临头还是有些犹豫。少年一动不动地站着，饥饿感和黑暗的力量麻痹了少年的良知，少年在等待恐惧感的消失。

突然，大颗的雨点激烈地袭来。瞬间，少年们的全身被喧嚣的飞沫打湿了。

“干吧!”

少年微微挥动棍棒，砸碎了玻璃。暴风雨掩盖了玻璃破碎的声音。少年仔细将玻璃碎片打落，将手臂伸入缺口内摸索着门锁。比想象的更容易，他打开了门。全身湿透的两人便像暴风雨一部分似的，侵入到建筑物内。

靠着手电筒的微光，少年们在黑暗中前进。

他们试着打开了所有桌子的抽屉。除了一些零钱，没有什么大的收获。这样，他们只能按原计划砸金库了。白天探查时已经知道了金库的位置，但要如何打开金库，两人却没有任何知识。少年们站在手电光照得隐隐约约的金库前，陷入思考中。

陈旧木结构的两层农协事务所在狂风暴雨中不断发出呻吟。雨水透过门上的缺口冲了进来，扩散成一片水雾，打湿了站在屋里的少年们的脸颊。

“最好能找到什么工具。”

被称为“太郎”的少年率先行动，向屋子最里面走去。那里被当作仓库使用，各式各样的物品堆放在一起。

“哇，有罐头啊。”

木箱里装满了贴着鲑鱼商标的罐头。太郎将罐头放在地上，抡起木棍就是一下。随着沉重的声音，罐头破裂，里面的鱼肉飞散了出来。

“教由，吃吧！”

少年将砸坏的罐头递给伙伴，又拿起一个罐头将它砸开。

“鱼肉拿不出来呀。”教由无法顺利地取出罐头里的鱼肉。

“等一下！”太郎想起刚才在哪个抽屉里看到有一把小刀。风雨似乎有越来越大的趋势。少年们注意到外面一片漆黑，根本没有一丝灯火。

“好像停电了，一片漆黑。”

“台风越来越近了吧……”

“不知道。”

一段时间内，两人都默默地埋头重复着用小刀将罐头内的鱼肉运到嘴里的动作。从大阪的建筑工地逃出来已经十天了，昨天开始，他们就没怎么吃东西了。罐头鲑鱼的味道不怎么样，不管吃多少，胃里就是没有感觉。吃完第三罐，两人终于丧失了食欲。

“太郎，我——我想回家……”

“不要说这种没出息的话。不是在村里没有办法了才出来的嘛。明天就到名古屋了，到处都可以找到工作了。”

他们在大阪的工棚里只工作了三天。劳动的辛苦还能忍受，只是有个中年工人很是变态，对教由起了坏心。少年两人合力将变态工人打倒，逃了出来。两人原打算回去拿了三天的工钱后辞职的，可是看到被打倒的男人抱着头、躺在那里呻吟，就根本不敢回去了。少年们认为，大阪是呆不下去了。就从奈良开始，一直走过伊贺上野、四日市，他们还在不停地往前走。花了十天，终于来到还差一天就到名古屋的地方。一路上倒也蛮开心。气候也好，沿途名胜古迹超多，晚上还可露宿神社呀，寺庙等地。虽然花光了身上所有的钱，但从农家可以要到饭团，或者直接从田里偷些食物，倒也没有怎么挨饿。只是到了四日市，没有了农田，即使有农田也都是一些无法直接食用的农作物。两人在村口遇到农家说明了现状，想要乞求一些食物，却不曾想不仅没有得到食物，反遭恶犬追赶。路经村子的时候，看见右手处略远的地方有瓜田，两人离开国道向村中的瓜田进发。似乎不去瓜田搞些破坏，就无法出了被恶犬追赶的气似的。之后他们不断朝村子深处走去。经过农协事务所的时候，刚好看见女事务员在清点一沓沓的钱。不曾想，这件事却大大改变了两位少年的命运。

“谁在那里?”

突然，从门口传来了喊叫声，手电光也随之在屋内到处照射着。两位少年屏住呼吸，将身体紧紧贴住墙壁。不想，太郎为了关掉刚才放在脚下的手电筒，不小心踢到了空罐。

“是谁!”

长筒雨靴沉重的脚步声越来越近。手电的光束捉住了两位少年的身影。

“你们在干什么?”

虽然看不见光源另一侧男子的身影，但是，雨衣上的水滴滴落在地上的声音却让少年感到害怕。

“你们是哪里人? 在这里干什么?”

对方看到是少年，就快步走了过来。手电光似乎是舔着少年的脸庞似的不断靠近。“是小偷?”男人一把抓住教由胸口的衣服。

太郎默默挥起了棍棒。随着讨厌而沉闷的咕咚声，男人倒在了地上。手电筒咕噜咕噜地在地上翻滚着。

“快逃……”

两位少年争先恐后向门口跑去，却又在中途停了下来。外面好像发生了可怕的大事。人们在黑暗中叫喊着，奔走着。暴风雨的声音也与以往不同，发出了轰隆隆的回响声。

五十厘米厚的浪头前锋正从村中经过。户外的人们被波涛冲撞，倒在了混和着盐味的泥水中。

奔腾的浊流也从农协事务所的入口处奔涌而来。两位少年慌忙往楼梯跑去。倒在地上的男人却没有起来的迹象。

“那家伙，会死吧。”

“管不了他了。”

两人有一种预感，一种根本来不及顾虑眼前、可怕事态即将来临的预感。

第二波进一步盖过了村子的地表，紧接着，悲剧的第三波袭来。

巨大的流木成群结队，化为波涛，率领着数万吨的海水攻了上来。防潮堤完全被破坏，潮位低下的土地完全处于无防备状态，只得忍受海水的暴虐。只是单纯浸水的话，受灾还不会太严重。然而，流木成群的加入却成了悲剧发生的决定性因素。一根有数吨重的流木显示了可怕的破坏力。原先因浸水而处于不安稳状态的木造房屋等，被流木一触即飞。在二楼或屋顶避难的人们瞬间就被漆黑的海水吞没，转眼消失在流木群中。

农协事务所在村里的建筑物中还算结实的。两位少年不断从二楼窗口听到夹杂在奔流声中的痛苦呼唤声。

每当受到流木撞击的时候，建筑物就激烈地摇晃。

不知哪里的玻璃窗又破碎了。随着越来越强的风势，屋顶似乎要从建筑物的内部被掀起。这一切都在宣告，建筑物的倒塌只是时间问题。

“教由，快抓住桌子！不定什么时候，屋子就会被冲走的。”

“我们，会死吗？”

“笨蛋，怎么甘心死呢？听着，不管发生了什么事，一定要活下去！”

“太郎，绝对不要离开我呀！”

与此同时，随着轰隆隆的声音，两人被冲到了地上。不，整个地板都在动！听着柱子与墙壁被分解的声音，整个建筑物倒塌了，随后就被冲走了。

“教由，你在哪里？”

“太郎，不要离开我！”

“加油啊！”

交替的呼唤声越来越远……

安全犯罪

1

萌子与当山认识的时候，刚好在“沙露”工作了整整两年，是她人生值得纪念的时候。

沙露作为银座俱乐部来说，并不是一流的。店址也在银座三丁目，周围以办公大楼为主，属于一般地段。大厅中央放置了一台三角钢琴，有钢琴手边弹边唱。如此，倒也别有一番高雅情调。店内充溢着年轻女孩的青春气息，整个氛围开朗明快，尚属不错。然而，就是这样，它无法跻身于一流俱乐部的理由或许就是开店时间并不长吧。而俱乐部本身浅显的历史，又通过客人群反映了出来。

沙露客人主要是工薪阶层。而且，还以年轻客人为主。那些崇尚一流的客人是不会惠顾此类俱乐部的。俱乐部内的消费在银座这样的地方，也算是便宜的了。这样的俱乐部正适合单身客人。欲望来了，便进来喝上一杯。由此可以想象，当山也是这样的客人。

当山，可以说，属于这样不太引人注目的人群中的一个。萌子是在当山第三次来俱乐部的时候陪他的小姐。前两次来俱乐部，萌子根本没有注意到他。沙露作为俱乐部，规模并不很大，就算来来往往繁忙的时候，对耳聪目明、不落他人之后的萌子来说，也绝不会错过有潜力的客人。而萌子居然两次都没有注意到当山的存在，可见当山是如何的不引人注目了。

"真弓，你去陪陪那个客人吧!"

妈妈桑对萌子这样吩咐时，萌子正横坐在吧台前，刚想品尝调酒师为她调配的鸡尾酒。"真弓"是萌子在店里使用的名字。

"他要找聪明的小姐陪。"妈妈桑的语气里带着点儿讥讽。

妈妈桑对萌子没什么好感。不仅妈妈桑，店里的同事都不喜欢萌子。"眼高手低"是他们对萌子的共同评价。而萌子自身也觉得没有必要勉强自己放下身段，来迎合其他人。

她对客人也是如此。萌子对那些小气而又好色的客人（初次见面就是一副要把你弄到手的嘴脸）很是讨厌。既然无法说服自己降低标准来迎合客人，就只当这是拉拢客人的手段而逢场作戏。萌子被人求全责备说不会做生意，她自己也是如此认为。每次说服自己要圆滑些，可临到头又感觉自己有无法克制的生理恶感产生。

俱乐部常常可以听到说谁和客人睡一晚就得了十万日元的八卦。萌子也非常渴望能有大钱可赚。她可不想自己到老都是被雇用的小姐。萌子希望自己最晚三十岁能拥有俱乐部，开着进口轿车，衣锦还乡。正是为了这个目标，她才选择了当陪酒女郎这个职业。如果现在再来说些漂亮话，还不如当初做个女职员、找个门当户对的男人结婚更好。

这些道理萌子都懂，性格里却有无法妥协的地方。

从静冈县岛田市的女子高中毕业后，萌子进入东京的私立大学就读。那个时候，与萌子一起参加演剧社的K却没有再上学，而是直接进了六本木的演员养成所。说实话，萌子和K一起参加了演员养成所的考试，她却落选了。虽然表面上萌子考上了大学，然而实际上，这次的挫折对萌子的打击是非常巨大的。以往，参加高中演剧社的活动时，萌子一直都是扮演女主角的，个子矮小、柔弱的K则是一直扮演配角。这样的K却能考上演员养成所，对心高气傲的萌子来说，显然是无法忍受的屈辱。

萌子打电话给演员养成所，询问她与K的不同之处，并追问当选的基准是什么。

出面接待的审查员开始还好声好气地应对萌子，然而在萌子的不断追问下，审查员也上了火，粗声道："好！既然这样，我就告诉你。你的演技停留在肤浅的表面。而K则是发自内心地来演绎角色。这就是你们之间决定性的差别。"

这是非常猛烈的指责了。萌子第一次意识到，自己似乎从来没有完全进入角色的记忆。每次站在舞台上，萌子只是想到如何受欢迎，如何让自己显得更有魅力。

K进了演员养成所一年也不到，便站上了舞台，立刻得到电视台的认可，被选拔作为常规演员参加大型电视连续剧的拍摄。从此，K的演艺生涯一帆风顺。现在作为年轻女演员中为数很少的性格演员而备受重视，成为片约不断的大影星了。

大学三年级暑假，萌子回到家乡岛田时刚好遇上K的签名会。这是一次整个地方都参与的活动，K可以说是凯旋了。最让萌子受不了的是，家里人都不管刚刚回家的萌子而跑去看K的签名会去了。等不及与家人见面，萌子匆匆回了东京。从那以后，萌子已有四年没有踏上家乡的土地了。

大学时代作为小时工开始的陪酒，也在不知不觉中坚持了下来。刚毕业的时候，萌子也曾在一个小公司就职。每天就是泡茶、端茶这样没什么成就感的工作和微薄的工资，让萌子觉得自己像个傻瓜，三个月不到，她就辞职不干了。

学士学位在社会，是没有任何作用的勋章。从先见之明这一点上，萌子也败给了K。到了现在这种地步，萌子能与K对抗的手段，只有金钱的力量还有一些可能了。俱乐部陪酒女郎这个职业，是人们为了达成目的而选择的一条道路，也可说是终南捷径。然而，对万事都讲究干净利落、追求完美的萌子来说，就不是一条平坦的道路了。萌子无法完全放开自己。在做小时工时，萌子总是无意识里鄙视陪酒女郎。现在自己也成为其中一员了，要完全放开，萌子到底还是做不到。

萌子喜欢当山“要找聪明的小姐——”这样的指名理由，以极其罕见的热情接待了他。或许因为这个原因，之后当山果然指名要萌子陪酒。

当山几乎是让人感到可怕、缺乏表情的客人。服装也好像是定型般的，总穿着深色运动服和同色系的上衣。

无论俱乐部是否空闲，当山从不让萌子以外的女人陪酒。而且，总是用低沉的声音慢慢挖掘萌子的各种信息。当山的年龄据说是三十六岁，可要说他四十多岁，估计也不会有人反对。

当山或许就是所谓的包打听吧。随着来俱乐部次数增多，他已经详细了解了萌子的思维方式和对待生活的态度。也不知当山是如何调查的，萌子也不记得自已都说了些什么，他却连细节都作为知识全部整理吸收了。这样一来，无论谁都会认为，当山对萌子有什么企图。然而，当山本人却没有任何行动。对此，萌子也觉得不可思议。萌子也免不了猜想，当山或许会有别的目的什么的。

当山这人勾起了萌子的好奇心。

“我有重要的话要和你说。”当山说出此话时，两人已经相见七八次了。

“有一桩不到三年便可以赚到一亿五千万的活，你要不要和我们一起干？”

“哇，有这么好的事？”萌子用玩笑的口吻笑着说。

当山也没有生气，脸上认真的表情依然不变。“这可不是在开玩笑。为了这个，我可是一直在找像你这样的女人。”

“像我这样的女人？”

“是的。像你这样有头脑、不贪色、更关心金钱的强势女人。”

“这是——什么意思？是说我唯利是图，没有男人缘吗？”

“那倒不是。就是字面上的意思。你也说过，不是想自己开店吗？即使你有男人，那也不过是你达到目的的工具而已。”

完全正确——萌子想着，沉默了。

“但是，想要在银座开店，最低要三千万吧。如果宽松点儿的话，就要五千万吧。就算挣钱顺利，之后的十年都被束缚了。到时，都快四十了吧？那么，你再领悟到这一点，就已经晚了，人生也开始走下坡路了。就算你还想找一个有能力的后台，能做你这样性格的人的后台的男人基本上没有。”

“你好无礼哦。”

“不，我可不会说什么愚蠢的奉承话。我是说，那种像狒狒一样的老头，怎么可能知道你的好呢？但是，我却可以在三年后作为礼物，向你奉上五千万日币。”

“那个，不是一亿五千万吗？”

“那是总金额。你的份额是三分之一的五千万……”

“那么说，就是有三个人参与了？”

“是的。”

“还有一个人是谁？”

“那是我的朋友。目前，我只能告诉你这些。”

“这样啊。打算干什么呢？”

“现在还不能说。要看你的回答了。”

“肯定不是什么好事。不会是杀人吧？”

“笨蛋，杀手到处都可以找到。不管怎么说，我那都是无法构成犯罪的方法。第一，因为没有受害者，也可以称为完美犯罪。不，是安全犯罪吧。”

“真的有这么好的事吗？”

“当然有。但是，有这种机会的人一百个、一千个里才一个吧。反正，这是天底下罕见的机会。而我，就是拥有这种机会的人。”

“嗯，听着似乎很好玩。”

“我可不想被认为是好玩。请将此作为一个大型项目来考虑！”

“那么，需要我干什么呢？”

“这个，现在还不能说。等你同意参加后，作为共同经营者，我会告诉你全部计划。”

“如果我说不呢？”

“你不会拒绝的。你不是那种会放弃五千万的傻瓜。”当山带着令人愤恨的自信，断言道。

“我知道了。但是，可不可以稍微告诉我一些，到底要我做什么。不然，像这样毫无头绪，要我怎样考虑。”

当山思考了一下，带着“真没办法”的苦笑，在萌子的耳边低声说道：“让你，结婚。”

“结婚……和当山先生？”

萌子停了一下，身体向后靠去。当山慌忙环视了一下周围。还好，附近座位没人。

“我也是这么希望的。不过，很遗憾，和你结婚的是我的朋友。”

“不要。和一个根本不认识的人结婚，开什么玩笑!”

“那个，说是结婚，只是形式上的。只要一起生活就行，并没有要求一起睡觉。当然，如果你喜欢上那个男人了，那就另当别论了。”当山没有一丝笑容地说着。

2

“相亲”是在新宿西口的潼泽进行的。潼泽是一家有着宽敞店面、给人高档感觉的咖啡店，正是商谈、约会的最好所在。

当山在萌子家附近载上萌子。“是辆好车啊。”萌子客气地赞了一句。

当山却沉着脸说：“租来的车。”

对方已经在潼泽等候了。

当萌子和当山走过去时，对方并没有站起来迎接。估计，还是为了不想引人注目吧。

“他就是要当你老公的稻田教由。”当山一边坐下，一边介绍着。

“我是萌子，请多关照。”

“请多关照。”

一个忧郁的男人。这是萌子对稻田教由持有的第一印象。似乎和当山有着相同的气息。年龄也与当山相仿。到这个年龄还是独身一人，总是有他自己的理由吧。

但是，表面看来，稻田教由并不能说是丑男，似乎身体也没什么毛病，萌子松了一口气。

不知道稻田教由是不是性格内向，除了偶尔附和当山的话以外，几乎从不主动开口。

当山也是从不说没必要的废话。

“你们的新居就选在南品川那边一个公寓里。我已经给房东打电话了，到时由太太去签合同。”

萌子明白当山说的“太太”是指自己，脸上一下就浮现了羞怯的红晕。“讨厌，说什么太太。”

“这有什么可难为情的。不过，倒也没有关系。这样反而会给人一种新婚、未经世故的感觉，也不错。”当山面无表情地说着。

“结婚证明也由你去办理。保证人就从你的亲戚中随便选两位，买上现成图章盖上印就可以了。”

也就是说，尽量不要让稻田教由与第三者接触，当山特别说明。

“我们还需要确认一下重要的事项。”

“是什么?”

“对于一起居住的约定，你是否肯定能遵守?”

“啊，是这件事啊。我是没关系啦。如果不放心，还是问一下他本人吧。”

萌子带着“如何”的表情，窥视着稻田的脸。

“没关系。我一定遵守约定。”稻田小心翼翼地用纤细的声音说着。

“那，说你做什么工作好呢？”

稻田还在犹豫，当山插嘴说道：“失业者。就说是见习作家吧。”

“失业者？”

“不用担心，对收入，我会想办法。没有想要靠你的收入来生活。”

“那兴趣爱好、喜欢的食物呀，哦，还有亲戚关系什么的，要不要都问清楚？”

“一次也记不住这么多信息啊。以后日子还长着呢，慢慢来吧。一点儿一点儿地知道对方的事，不是挺好的吗？夫妻不就是这样的吗？”当山脸上第一次露出了些微的笑容。

“你们就把这当成没有观众的一出戏。你们是否能很好扮演夫妻角色，是这个项目成功的关键。我是这出戏的剧作家和导演。之后就没有我的事了。开幕后就全靠演员的演出了。拜托你们了。”

当山的比喻让萌子很高兴。

“你就放心吧。演戏，我还是有些自信的。”

“我知道啊。你是高中演剧部的明星嘛。”

“啊呀，你怎么会知道的？我从来没有跟人说过呀。”

“你的事，我基本上都知道。如果不是这样，怎么可能让你参加演出这样的大戏呢？”

呵呵呵，萌子抿着嘴笑了。知道当山是在巧妙地拍她马屁，就没有什么不高兴的了。

“什么时候开始比较好？”

“看你方便吧。不过，提出婚姻登记前，先将你的籍贯移到现在的住址比较好吧。如果你家人去要户籍本，知道你结婚的话，怕会大吵大闹吧。”

“嗯，我知道了。他也一样吧。”

“不，稻田移不移都一样。那么小的村子，户籍一动，村政府的户籍组就会知道，马上就会和家里人联系。”

“那还不是一样，都会大吵大闹的。”

“虽然会吵闹，不过绝对不会来这里啊。”

“你的家乡在哪里?”

“高知县。在高知县西面偏僻的山里一个叫西土佐村藤之川的村子，是平家落人[①]的部落。是个好地方啊。”说这话时，当山像换了个人似的，温柔的眼神浮游在空中。

萌子和稻田奇妙的新婚生活开始了。当山找到的南品川公寓，怎样都说不上是上好公寓。虽是带浴室、洗手间的一居室，但和至今为止萌子所住的涉谷区樱丘女性专用公寓比较，简直是劣等住宅。

“不管怎么说，开销会越来越大，所以要尽量节省。还请多包涵。”当山很少见地对抱怨的萌子低头道歉。

“那也就算了。但是要在一个房间里睡觉，我可不乐意。”

---

① 日本平安时代末期的1180年至1185年的六年间，源氏和平家两大武士家族为争夺权力而展开了一系列战争，平氏家族败北，隐遁于此偏僻之地。聚居于此的主要是平氏家族一门及其追随者、帮助平家的人士，也被称为平家落武者。但是，落人之中不只有武士，也包括公卿、女性、儿童等。这类平家落人逃往特定地域的传说，被称为平家落人传说。日本全国约有一百三十二个村落自称是落人子孙，但大都缺乏可信性。

“啊不，稻田睡在吃饭间就行了。”

果然如当山所说，稻田在吃饭间的角落放了一个沙发床，就睡在那里。那个沙发床是稻田带来的唯一财产，其他所有家具、生活用品全都是萌子的所有物。

“你，以前在哪里，一直都过的是什么样的生活?”

萌子问稻田。稻田却只是傻傻地笑着，并不回答，一点儿也不爽快。就算一起生活，他沉默寡言和胆小如鼠的个性应该不会改变，估计都没有机会向萌子提出她最害怕的“夫妻生活”的要求了吧。

平时，萌子都是下午四点出门，要过了十二点才能回家。稻田的生活却完全没有变化。基本上都在家，偶尔心血来潮出门走走，也是没有一定之规，或是早上，有时是下午。有时萌子回家了稻田还没有回来。更有甚者，他有时干脆整晚都不回家。

在家时，稻田总在桌上铺开稿纸，热心地写着什么。萌子感到好奇，想要一睹为快，可稻田总是马上把稿纸藏起来，不让萌子看。

“这么小气！看一下又没什么关系。”萌子嘟嘟哝哝地抱怨着。

“到时候再给你看。”稻田突然答道。萌子趁稻田不在家的时候，有心想看看稻田到底写的是什么，可惜，稻田总是将写好的东西随身带走，只有空白的稿纸留在家里。不过，萌子从瞥过的一眼来判断，应该是一些很深奥的东西，好像在做需要和英语书呀，辞典之类书籍“格斗”的工作。

对像稻田教由这样一个胆小如鼠、人畜无害的男人，却突然感到他居然有些无法想象的才能，萌子心中生出了好奇的苗苗。

萌子和稻田两个人平安无事地度过了一个月的“结婚”生活。萌子对沙露里的人以及客人都没有隐瞒已经结婚的事实。店里的人都劝萌子不要说出真相比较好，可萌子根本不听，反而变本加厉地予以张扬。就这样，萌子静静地等着鱼儿上钩。

最初的鱼儿来到了萌子的公寓。这是一个叫N的人寿保险女推销员。虽然对方也没有过分热心地劝诱她加入保险，萌子还是爽快地买了一份。

推销员推荐的是事故灾害死亡时赔偿金额较高的保险产品。

“遇上万一了，最高可以赔偿两倍的金额哦。”

每个月大约两万日元的保险费，最高赔偿费却有四千万日元。

“好，就要这个了。不过，被保险人是我丈夫。我还年轻，还不需要保险。”

合同马上签署。身体检查也没有什么问题。稻田教由的身体状况可以说极为健康，而文字工作也可以说是事故发生的危险性最低的业种之一，对保险公司来说，稻田可称为安全客户。

一切手续办理都非常顺利。当萌子拿到保险协议时，奇妙地觉得自己松了一口气。

“如果你现在死了，确实有四千万可以到手了啊。”对于萌子的黑色笑话，稻田只是微微一笑而已。他依然让人捉摸不透。

“好奇怪哦。提交结婚申请的时候根本没有什么感觉。可现在拿到保险协议了，却突然感到自己好像真的结婚了。真的好奇怪哦！”

萌子瞥了稻田一眼，稻田也正盯着萌子在看。稻田眼睛里的神色和平时不太一样，着实让萌子吓了一跳——萌子第一次感到，稻田也是个男人。

但是，或许这只是一瞬间的错觉也说不定。稻田一遇上萌子的视线，慌忙低下头去，又回到了以往胆小如鼠的样子。

稻田是一个完全没有自己主张的男人。刚开始的时候，萌子对稻田从下往上瞥着看人的样子很是讨厌，习惯了也就不当一回事了。在这样狭小的家里脸对脸一起生活，萌子渐渐地可以无视稻田的存在而自在地生活了。开始时，萌子用浴室的时候，还将稻田赶到外面去。不知不觉中，变成了只是让稻田去里面房间避一避。最后，萌子可以裹着毛巾从稻田眼前走过。

这种时候，稻田真的是很凄惨，只能慌慌张张低下头去，装作非常忙碌的样子。

萌子觉得好玩，特意在稻田面前有意无意地摆出诱惑的姿势。或许，萌子有些虐待狂性格吧。

这个家伙不会不行吧？萌子想到。在看惯了店里客人那种满是欲望眼神的萌子眼中，稻田的眼神却一直带着令人无法相信的无力感。一般的男人不管有没有被禁止，在房门没有上锁、全无防备状态下面对合法妻子的萌子，能这样做柳下惠，简直不可能。

人，真的是很奇怪的生物。当你完全放下心防不需要警戒时，反而会有一丝失落感。对容貌、身材很有自信的萌子来说，稻田这样无动于衷的样子对她简直就是一种侮辱。不知不觉中，萌子有了一种说不上来是什么的焦躁感。

“如果你喜欢上了那个男人，就另当别论了。”当山的预言太令人讨厌了。

实际上，萌子真的认为，或许当山是有预知能力的。所有事情都按当山“编写的剧本”在顺利进行着。

沙露的客人——人寿保险公司的推销员知道萌子结婚后，劝诱萌子购买保险。

“客人的要求真的无法拒绝哦。”

萌子在同事、妈妈桑面前叹息道，为了增加店里的营业额，所以买了保险。既然买了一家保险公司，也不好意思不在其他客人手里买保险。最后，竟然出现了同一家公司的推销员，也就有了买他的保险不买我的算什么的怪论调。

萌子“结婚”才一年，保险却买了六份。这样一来，有些推销员客人对萌子的劝诱就变得特别热心和执著。

“我不能再买了。否则，我的收入就无法支付每个月的保险费了。”

萌子很干脆地拒绝了。当然，这也是当山的指示。虽然萌子说过，再买一份还是可以承受的，当山却摇着头说：“不，这已经是极限了。”

实际上，萌子还是偷偷地又买了一份。“这就当是我的私房钱吧。”萌子笑着对稻田说，“记得不要告诉当山哦。”

稻田的脸上一瞬之间出现了尴尬的神情。不过，他还是没有违背萌子的意愿。从这件事后，共同拥有瞒着当山的秘密让两人的关系出现了微妙的变化。而一直处于绝对优势地位的萌子心中，对稻田，首次感到了一丝丝的歉疚。

最初一年里，剧本上写有明确的行动与目的，倒也过得很快。而之后的一年，却变成了单纯的等待。然而，又不允许出现一丝破绽，真可谓是紧张与无聊共存的奇妙日子。

认识到稻田是一个彻底服从型的人后，萌子的行为举止也开始变得越来越大胆。有时洗完澡后，裸着肩膀让稻田帮她按摩；有时却又说着“我帮你擦背吧”，出其不意地走进浴室。

虽然稻田每次都被萌子搞得心跳加速，却也只能如了萌子的意。这确实是一个有趣的游戏，既刺激又能满足萌子的优越感。然而，当刺激感逐渐消退后，萌子又开始寻找新的游戏方法了。就这样，她踏入了无止境的“危险”地带了。萌子完全没有注意到，她在欺负稻田的同时，也将自己逼入了欲求不满的泥沼中无法自拔。

某个夜晚，或许是喝多了的原因，萌子从浴室出来时脚下虚浮无力。裹在身上的浴巾掉了下来，萌子弯腰想去捡，却这样倒了下去。稻田刚好坐在饭桌前，萌子的丑态全部看进了男人的眼里。萌子想爬起来，身体却不听指挥。萌子干脆自暴自弃，伸手伸脚地趴在了地上。

一波一波的倦怠感和被稻田注视的紧张感交错冲击着萌子，萌子被一种莫名的快感包裹了起来。

“你没事吧……” 稻田在桌后发出了询问的声音。

“你在干什么?” 被萌子近似呻吟的声音催促，稻田终于站了起来，却手足无措，不知道该干些什么。

“要不要叫医生啊?”

“笨蛋！还不快些将我抱到垫子上去!”

稻田战战兢兢地将手穿过萌子的腋下。当稻田无意间碰到乳房时，全身瞬间绷紧僵直起来。萌子清晰地感觉到了稻田的紧张，情不自禁地笑了出来。

“嗨，不是男人啊。快抱得紧一些。”

为了方便稻田，萌子转身仰面朝天躺着。酒精和泡澡的双重作用之下，萌子的裸体染上了一层粉色，黑色的丛林尽现在稻田的眼前。

稻田慌忙用浴巾的边角去掩盖，萌子却装作醉酒，一把将浴巾撩开。

“快点抱我去啊!”

稻田放弃了挣扎，打横抱起了萌子。与其身体外观不同，稻田的臂力却是惊人。萌子虽然不胖，身材却算是高大的。稻田却可以一把将她抱起来。

“呵，看不出来，你还挺有力气的啊。” 萌子有些慵懒地说着，将双臂缠上了稻田的脖子。

他蹒跚着将萌子抱到坐垫上。不知是否有些费力，稻田在放下萌子的同时，也摔倒在萌子的身上。

萌子并没有放开缠在稻田脖子上的双臂。稻田痛苦地发出了“嗯嗯” 的呻吟声。这个声音更煽动了萌子的情欲。

她抱着稻田的头，摁在了自己的乳房上。“快吸!” 女王发出了命令。

稻田喘息着，猛地抓住了她散发着香皂味的乳房。

3

太平洋高速轮船公司的“海花号”是一艘总排水量为一万三千吨、乘客定员为一千零七十九名的日本屈指可数的豪华客船。车辆运输能力为一百辆卡车、九十二辆轿车。最高速度二十六点二节，是用二十一个小时连接东京与高知的快速渡轮。傍晚六点二十分从东京湾起航，第二天早晨经由南纪那智胜浦港，于第二天下午三点左右到达高知港。

定员三名的贵宾室有两间。此外，附带浴室和洗手间的特等客舱十八间，深受新婚夫妇、享受结婚周年纪念旅行的老夫妇等的欢迎。船上还有可供高级烧烤的厨房和休息室、餐厅、酒吧，还有桑拿浴室、游戏角，甲板上还有游泳池等服务设施。为旅客提供享受型航行是此船打出的广告。

黄金周连休的五月一日，“海花号”载着满船乘客，准时离开了东京湾。

晴朗的天气，吹着风速为六七米的西南风。客船出了三浦半岛后虽然多少有些海浪，不过并不会让船太过左右摇晃。像这样的大型船，一般能承受的海浪幅度在一百四十米左右。为减少受到风浪影响，客船还装了船体自动稳定器，可以将船的左右摇晃抑制到最小限度。也就是说，只要没有台风，航行可以说是极其安全、舒适的。

离港两三个小时后，船内的喧闹达到了最高程度。虽说离港时间是傍晚六点二十分，因为要提前一小时办理乘船手续，几乎所有乘客都是饿着肚子登船的。这会儿，烧烤处、餐厅、茶室都出现了需要排队等候的紧张情形。

甲板上到处是欣赏夕阳下美丽海景的人群。这个季节，昼长夜短，快到晚上八点了，却还能看到夕阳残照。夜空的颜色、海上的颜色不断变化，像剪影一样的陆地不知何时被黑暗包围了。在远远眺望闪烁不断的灯台中，就算再崇尚现实的年轻人，也会不知不觉被莫名的浪漫情调所包围。

但是，这也只能到晚上八点多为止。夜晚的海风已经不是凉爽而是寒冷了。甲板上的人影逐渐消失，夜晚的娱乐阵地转移到休息室、游戏角、酒吧等地。特等舱的年轻恋人都早早回客房了。二等舱的年轻人一般都会成群结队地组成一个个小圈子，玩着打牌什么的游戏，女孩子的娇笑声此起彼伏。已经习惯旅行的商务人员、回乡的单身旅客也只能不爽地瞪着喧闹的来源，裹上毛毯躺下休息。然后，就像退潮似的，喧闹的声音逐渐被海浪声替代。

餐厅、小卖部晚上九点三十分关门，滞留在酒吧、茶室的旅客们最多也只能逗留到晚上十一点。熙熙攘攘的喧闹声消失了，替代它的是单调的引擎声、海浪拍打船体的声音。留在服务台的事务员，大大地伸了个懒腰，松了口气。

凌晨时分，是船桥上的航海士和甲板手各自换班的时间。完成了四个小时的当班后，一等航海士堀之内与甲板手樋口一起走出了船桥。航行基本上交由自 S 动驾驶处理，看似很轻松，实际并非如此。一万三千吨的船体和超过一千以上乘客的生命都把在船员手中，再有经验的老手都会感到肩上担子的分量。

航海士堀之内今年三十一岁，非常喜欢现在的工作。大学填报志愿时除了船政大学，就没有想过其他，到第二年才终于如愿以偿，成了“大海的男人”。堀之内是仅次于船长的管理者，重大的责任感对堀之内来说，也是一种有益的挑战。也许真是这些原因，让堀之内至今还是独身，在鹿儿岛总公司附近的公司宿舍过着独身生活。

从船桥来到公众空间时，樋口拿出香烟，递给堀之内。

“那件事，考虑得怎样了？”

樋口有些不好意思地开口说道。那件事指的是堀之内相亲的事。女方是樋口的妹妹。用樋口的说法是：“久美这家伙对堀之内可是一见钟情啊。”“一见钟情”这样的形容，让堀之内在小四岁的樋口面前闹了个大红脸。

樋口久美在东京分公司的营业窗口工作。“长得像我，是个美女。”樋口开始向堀之内推销妹妹。不过，堀之内却没有印象他见过久美。据说，久美是在航海研修时对堀之内一见钟情的。在太平洋高速轮船公司就职后，不分男女都要经历一次三天两夜的航海研修课程。乘坐自己公司的船，熟悉船内的基本业务。当然，也会参观在船桥的驾驶室。当时，堀之内身穿制服、英姿飒爽的工作姿态让久美一见钟情，也不知道这话是真是假。而且，久美是前年进公司的。也就是说，久美单恋堀之内已经快两年了，如此纯情的女孩现今已经不多见了。

“久美这家伙知道那个潇洒的堀之内还是独身后，才告诉我的。”看着樋口真诚的眼神，堀之内感到了困惑。确实，在工作上，堀之内是有相当自信的，当然也不是如“纯情兄妹”想象的那样清纯高洁。作为一个男人，当然偶尔也会去那些声色场所，也有从制服身影中无法想象的惰性的一面。像这样由憧憬描绘的虚像早晚会被剥去假面具。想到这些，好不容易由樋口带来这样好条件的相亲，也让堀之内感到了沉重。

“下次航海结束后，请一定抽时间和久美见个面。请你吃东京最棒的烤鳗鱼。”

“什么啊，好像是抛饵钓鱼似的，也不怕冒渎你妹妹。”

“什么冒渎不冒渎的？这种时候，管不了那么多了。下次在东京过夜的时候，就这么说定了。”

樋口说完想说的话后，就往最上层甲板的左舷走去。堀之内也只能带着苦笑，推开了通往右舷的舱门。

定时换班后的船桥人员进入休息室前必须在全船巡回。巡回由航海士与甲板手分别在两舷同时进行，在末端会合，确认没有异常后再往下一层甲板巡回。

“海花号”的船体是由4F至B2的六层构造组成。4F由船桥和瞭望餐厅组成；3F由贵宾室、特等舱、二等舱、餐厅、餐室以及后部甲板的游泳池组成；2F由一等舱、二等舱、驾驶室和咨询处、大厅组成；1F是卡车停放甲板；B1是轿车停放甲板；而B2由大浴室、桑拿浴室以及预备客舱等组成。两人分两边同时巡回，也有将近一公里的距离。

走出室温舒适的船桥，深夜寒冷的海风沁人心肺，让人精神一振。右舷一侧的海上一闪一闪往后逝去的灯台是神子元岛。堀之内确认了手表上的夜光文字盘——十二点十分，航行很是准时。

堀之内有节奏的脚步声逐渐往船尾去了。尽管船体不怎么摇晃，但毕竟是外洋客船，总还有些上下摇动。当人的身体适应了这种摇动的步行技巧后，再在陆地上行走时就有微微的跳跃感。

上到甲板的最后端，堀之内与樋口交换了“无异常”的确认后，向通往 3F 的楼梯走去。楼梯下是 3F 的开放部分，有阳光花园和游泳池。白天，这里是年轻人喧闹的所在，这个时间应该是没有人的。

在游泳池边与樋口分手后，堀之内向船头方向走去。堀之内的前面，出现了人影。在沿着餐厅外壁走廊的中间，离通往舱内的门大约三十米处，有人靠着船的栏杆站在那里。刚好是灯火不容易照到的地方，一直到走近了才能看出他是男人。

“啊，辛苦了。”男人先开口打招呼。看那言语不清、身体摇摇晃晃的样子可以推断，他喝得不少，是个醉酒的客人。

“您很高兴啊。”堀之内客气地应对。

“请您注意安全。”

“谢谢，我醒一下酒就回房间去。”

男人爽快地道了谢。只是一个愉快的醉汉，而船体的摇晃并不厉害，怎么看都没有什么危险。堀之内举手行礼后走过男人身边，推开舱门进入内舱，从特等舱的内侧走廊往船头方向去了。这个时侯，樋口也刚好走了进来。两人相互确认“无异常”后，开始往船头方向去。才刚走了一步，就听到背后传来惨叫声。

堀之内条件反射似的冲了出去，眼里已经没有男人的身姿了。

“怎么了？”樋口也在后面追了出来。

“怎么了？”

“你刚才听到惨叫声吗？”

“喔，我也听到了。”

“刚才有位男乘客站在那里，现在不见了。”

“那，掉下去了？”

两人将身子探出栏杆，凝神往船尾方向看去。海面漆黑一片，只能听到波浪拍打船体的声音。

“我听到的确实是往下掉的惨叫声。”

“怎么办？”

“不管怎样，先将救生圈扔下去！”

樋口立刻向收藏箱奔去，拿了两个橘红色的救生圈扔到海里。在宽广的海面上留下这种救生的记号是紧急措施，而且是必需的。考虑到可能在这种场合使用，所以“海花号”采用了最引人注目的颜色——橘红色。

堀之内通过船内电话向船长报告了此事。虽然大杉船长正在休息，听了堀之内的报告后用平稳的声音发出指令：“立即停船！”

大杉船长是帝国海军干部候补生出身，是个胆大心细的男人。他闻讯立刻出现在船桥上，制服穿得整整齐齐。到底是海军出身，动作迅速敏捷。

大杉船长在海图上确认了现在的位置，通过无线与下田海上保安部取得联系，请求出动巡视船，同时传达了“本船立刻返回搜索现场海域”。

完成以上行动后，大杉重新向堀之内询问详细情况。“确定掉入海里不会有错?”

“应该不会错。”

“没有看到吧?”

“没有。不过，惨叫声刚好是我遇到乘客的地方发出的。一听到叫声，我立刻冲了出去，却没有看到人影。而且，叫声是朝着海面方向落下去的，肯定不会错。”

“这样啊……”

大杉紧紧闭上嘴唇，充满意志的眼神盯着舱顶思考着。平时一副老好人风采的大杉，当遇到台风接近或有浓雾发生时，会像换了个人似的很有气魄。“好，全体各就各位，开始搜索。”大杉快速简洁地发出指令。

“海花号”一百八十度转弯，根据海图寻着正确航路，开始低速前进。除了女性，所有船员都被叫起，安排在两舷甲板上用探照灯往海面搜寻。

出事现场在伊豆半岛南侧附近神子元岛西南十公里左右的海域。这附近的黑潮被分成几条流动，造成了极为复杂的潮流。掉入海里的位置稍稍有些偏差就会往不同的方向流去，为救生作业带来了很大的困难。

搜索开始一个小时后，发现了一个救生圈。两个救生圈几乎同时被抛入海中，而一个已经离抛下的地方很远了。可见，此处海域的潮流是多么的复杂。

一点三十七分，巡逻船“骏河号”到达现场，与“海花号”一起搜索。“骏河号”到达前，已经通过无线电将“落海”时的状况以一问一答的形式交换了信息。当然，回答提问的是堀之内。其中最难以判断的是自杀跳海还是事故落海这一点上。如果是自杀跳海，带上重物直沉海底的可能性就增加了。

“不可能是自杀。”堀之内断言道。从愉快的醉汉身上根本无法感觉到即将自杀的迹象。不过，醉酒的话，发生事故的可能性就增大了。

“但还没有到需要人保护的全醉状态。”

堀之内强调了这一点。如果有需要保护的乘客而置之不理，会牵涉到责任问题。

“那，为什么还会落海呢?”

“这就不清楚了。”堀之内听到这个问题后也陷入了沉思。

栏杆的高度为一百二十厘米，刚好到一般成年人的胸部。一般情况下，无法想象会有越过栏杆落海的事发生。只有双手在栏杆上像玩单杠那样撑起身子，然后失去平衡，头部、上半身向外翻，又不小心松开双手，才能称为“事故”。除此以外，都被认为是故意的。也就是说，是自杀或谋杀。估计那位乘客一定是做了无聊的体操动作。

“除此之外，根本无法考虑其他结果了。”堀之内结束了他的报告。

二点十分，“海花号”将搜索任务委托给“骏河号”，便离开现场，回到了航行路线上。已经晚了两个小时。大部分乘客都有到达港口后的安排，不可能一直停留在出事现场。大杉将船速提到了几乎最高的二十六节，尽量抢回耽搁了的时间。

与直接业务没有关系的职员都回去睡觉了，只留下相关人员在开会商讨善后对策。

“落海者”的身份到目前为止还不清楚。发生的事故还没有告诉乘客。大家唯一知道的是，有位乘客落水了。不可能吵醒近千人的乘客，来确认落水者。然而，不久之后，就知道了“落水者”的身份。有特等舱的乘客联系服务台，服务台立即向船长作了通报。

乘客住十二号房，是一对夫妇。乘客名单上的记载是稻田教由（三十六岁）、萌子（二十八岁）。女性乘客向服务台的值班员打听。“我丈夫一直没有回房间，我很担心。”

大杉船长、堀之内航海士和石田事务长一起听取了事情的详细情况。稻田萌子从休息室内的大沙发上站起来，脸上满是不安和疲惫的神色。虽然已经卸了妆，不过眼睛大大、鼻子挺挺，属于典型的美女。堀之内迅速观察着。她无意中歪着头看对方的一些小动作显出，她可能出身于声色场所。

“您丈夫什么时候离开房间的?”大杉船长一边坐下，一边单刀直入地提出问题。

“没有看时间，不能确定，估计过了十一点。”

“没有说去什么地方吗?”

“是啊。只是说去醒醒酒就回来。”

“他喝了很多酒吗?”

“大概喝了三分之一瓶吧。我丈夫酒量并不好，或许是因为好久没有回家乡了很高兴的原因吧，今晚比平时要喝得多，所以感到很热。”

“那么，他有上甲板的可能了。”

“或许吧。”

“您丈夫有什么特征吗？例如身高、穿的衣服什么的。”

“也没有什么特征。中等身材，穿着 V 字领的毛衣。”

堀之内立刻向大杉递了个眼神。

大杉看着对方沉痛地说：“现在还不能断言。不过，三个小时前，有人从本船坠海了。”

“啊——”稻田萌子愣愣地看着大杉。

“那个，现在还没有断定一定是您丈夫。只是，您刚才描述的样子与堀之内看到的坠海者很像，不怕一万就怕万一……”

突然，萌子站了起来。“怎么可能？我丈夫坠海，怎么可能？那为什么不救他，还在这里干什么……”萌子瞪大了眼睛，身体像发疟疾似的颤抖着。

4

“海花号”晚点两个小时，于九点三十分驶入那智胜浦港。早晨，船内广播反复播送因为事故而晚点，并为此向所有乘客道歉。前往有名的南纪白浜、伊势湾志摩、鸟羽方面的乘客都会在那智胜浦港下船，人数相当多。乘务员全体出动以核对下船乘客。平时只是确认乘船卡而已，因为发生了事故，所以根据乘客名单一位一位核对。为此，乘务员彻夜准备了按五十音图排列的名单。就算这样，核对还是花了不少时间，本来就焦急的乘客开始不满起来。

堀之内担任车辆下船乘客的核对。有轿车三十二辆、卡车五辆在这里下船。核对时出现了一个小问题。有位轿车乘客登记的是“TOYAMA”，堀之内在名单上没有找到“远山”的名字。

“对不起，您乘船时有没有使用其他姓名?”堀之内问道，却遭到了乘客的吼叫。

原来名单制作者误将“当山”的“TOYAMA”写成了“ATEYAMA”，引起了误会。为此，浪费了五六分钟的时间。好在车辆不多，核对工作总算顺利完成。

还是那样晴朗的五月天气，海蓝山翠。如果没有奇怪的事故，一定是非常适合旅行的好日子。下了船的车呀，人啊，就像是被打散的多彩马赛克一样，离开了码头。

“海花号”离港前的瞬间，串本的海上保安部官员上了船。主要是为了听取相关人员有关事故的说明。拍摄了坠海现场的照片后，他们与稻田萌子见了面。

萌子一直将自己关在十二号房内，一步都没有迈出房门。饮食都是由石田事务长送到房间，可没有动过的迹象。萌子认为，如果船员应对适当，丈夫一定可以得救的。对此，萌子感到愤怒。或许是愤怒胜过悲伤的缘故吧，萌子几乎没有流过眼泪。对海上保安部官员的询问，萌子一直回应的是关于船员怠慢的申诉，使他们根本无法调查事故经过。

最后，海上保安部官员实在无法忍耐，开口说道：“这只是你的说法。其实，在这次事故中饱受干扰的是其他乘客和轮船公司。”

萌子沉默了。一旁看着的堀之内却感觉到了一种快感——一直堵在胸口的石头突然之间被搬掉了。实际上，为了搜索落海者而空费的燃料费就不是一个小数目。不管怎么说，那是一万三千吨的船体，不是那么容易驱动的。这些经费也没有地方可以报销，而船员们还不得不彻夜工作。真是的，他这边还想哭呢。堀之内真想这样大声说。

海上保安部官员从各个角度向萌子提出了疑问，主要想确认稻田教由的“事故”是否还有自杀的可能性。萌子慎重地选择词汇来回答。从她慎重的应对来看，有对刚才不合理的激昂论调反省之意。

对稻田夫妇来说，这次的旅行是有些晚到的新婚旅行。稻田教由与萌子是两年前的夏天结的婚。

“我丈夫的故乡在高知县。他非常希望我能看看他出生的村子。我丈夫自己二十年前离开故乡后就没有回去过。这还是他多年来第一次返乡。”

萌子用手绢蒙住了脸，强调了高高兴兴返乡，家乡就在眼前的人是没有理由自杀的。当然，既没有遗书什么的，也没有发现任何让人联想到自杀的要素。

“海花号”的晚点扩大到两小时三十分钟。十点四十分，“海花号”开出了那智胜浦港。到这时为止，没有任何“坠海者”被救出的报告。不要说生存，估计找到遗体的可能性都很小，堀之内想。

“你休息到下次换班吧。”大杉船长向堀之内发出指令后，走进了驾驶室。说实话，大杉自己都很疲倦，但越是这种时候他更要站在前面。这的确是大杉的风格。此时，了解大杉的堀之内心里很是高兴。

“海花号”顺利加速航行，多少追回了些晚点的时间。下午五点四十分，“海花号”在高知港靠了岸。在此，他们也同样认真核对了下船乘客，没有发现任何可疑之处。这时，一位乘客失踪了的事实被确认了。

稻田萌子在船员的目送下最后一个下船。

对大杉船长的询问“是去您丈夫的故乡吗”，萌子只是无力地摇了摇头。“我直接坐飞机回家。”

“您丈夫的死亡还没有最后确定。还请多保重！”

“谢谢。不过，我知道，肯定是没救了。”

这时，“未亡人”的嘴角边浮上了一丝笑意。看到这丝笑意的堀之内感到了不可思议。

稻田教由不要说生存，就是遗体都无法找到。下田海上保安部于五月三日发表了“生存绝望”的声明，终止了搜索。

事故后的一周在慌乱中度过。五月八日，宿在东京的堀之内与往常一样，在常去住宿的晴海一家宾馆刚要登记入住，就立刻被前台的服务员叫住道：“有客人在等您。”

顺着服务员的手指的方向看去，一位陌生男子从大厅的椅子上站了起来。他走近并行礼后殷勤地说道：“是堀之内先生吧。突然这样打扰您，真的很抱歉！曾打电话去过您的公司，才知道您在这里住宿。”他一边递上自己的名片，一边有点儿客气过头地说道。

名片上印着“T人寿保险相互会社　调查部主任　三田村博”的字样。

“我已经买了几份保险了。”

三田村博打断了堀之内的说话，苦笑着说：“我不是来劝你买保险的。其实，我是就稻田教由先生的坠海事故，想听听堀之内先生的说法。”

“稻田先生的事故？”

“是的。就是发生在五月二日的事故。听说当时离事故现场最近的是堀之内先生。”

“是的，确实是这样。”

“就事故发生当时的情形，烦请您详细说明一下，我已经照会过贵公司了。”

“如果是这样的话，去海上保安部不是更方便？我知道的全都说过了。他们也做了各种各样的调查。”

“是的。当然，已经去过那里了。不过，还是想直接向堀之内先生确认一些细节。”

“细节……”突然，堀之内感觉到了什么。“那个，这个事故有什么问题吗？”

三田村博犹豫了一下，压低声音说：“其实，稻田先生买了五千万日元的保险，并指定他太太为保险赔偿领受人。”

“啊——”堀之内惊讶之下点了点头，“但是，现在大家基本上都买保险的嘛。我就买了三份。”

“是，确实是这样。但是，稻田先生的现实是，算上敝公司，他买了三家公司的保险产品，保险总额高达一亿八千万日元。”

“一亿八千万……”

“是的，这个金额有些过高。哦不，应该这样说，相对于稻田先生家的收入，每个月支付的保险费太高了。”

“每个月的保险费是多少?”

“大概十三万日元左右。”

“十三万日元啊……要说多，确实有些多。不过对有钱人来说，并不是不可能支付的金额呀?”

“稻田先生的家看上去并非如此富裕。”

“从事什么工作?”

“据说丈夫从事写作工作，实际上是无业游民。”

“无业游民?”堀之内愣住了。“可是——那么，他们的收入是——”

“太太是俱乐部小姐。她的收入似乎不少。”

“原来如此。也就是说，丈夫是个吃软饭的。”说完了，堀之内耸了耸肩。不管怎么说，对曾经的客人做不好的评价，总是有些过分。

三田村博看着堀之内的样子，笑了。“真如您所说的，他们结婚两年来，他一直没有固定的工作。哦，不！按太太的说法是，结婚以前就不清楚是做什么的。”

“啊……这么漂亮的太太居然看上这样的人，真是不公平啊!”堀之内感叹着。

可是，三田村博不仅没有笑，反而表情显得严肃起来。“我们也对这点很有兴趣。说实话，怎么看，他们都是不相称的两人。而且，从结婚后到去年年底，他们总共买了六份保险。”

“请等一下！”堀之内举手阻止了三田村博的话，“这些都与我没有关系。三田村博先生，你到底想说什么？”

“那个，这些都是手续上的问题，还请您多包涵。主要的是，关于稻田先生的事故，是否有什么可疑点。我们必须要弄清楚。”

“听你这样说，好像你们认为有什么疑点似的。”

“不，我可没有这样说。怎么说，我的工作也是搞清楚疑点啊。”

“对不起，我不擅长绕弯子。干脆说吧，你是不是想问，关于稻田先生的事故，有没有可能是自杀或他杀，有没有卷入这样事件的可能性？”

“从结论上来说，是这样的。”

“那样的话，说实话，我真的只能说不知道了。不过，事实上，那个时候的稻田先生给我的印象确实没有想要自杀的迹象，也没有和谁争论的迹象，当然只能考虑是事故坠海了。”

“原来如此，原来如此！我明白了。”三田村博重重地点着头。

“不过，为了慎重起见，我还是要问一下，稻田先生坠海，这个事实没有错吧。”

“什么？”堀之内无法理解他的提问，呆呆地看着他。

“换句话说，稻田先生是否真的死亡了。”

“没有找到遗体，当然无法断言。不过，在那个海域坠海，到现在还没有任何发现，肯定是没有救了，不是吗？”

“我知道。所以说，我要确认他是否真的坠海了？”

“那么，问题的疑点在于他是否真的坠海了？”

“确实如此。”三田村博没事似的说着。

“或许您也听说过，之前，在爱媛县，有个游泳的男人失踪了，警察认定了他的死亡，可在支付了五千万日元的保险赔偿后，‘死者’却在大阪市内被发现。曾发生过这样的保险金诈骗事件。除此之外，围绕人寿保险的案件急速增长，我们不得不认真去对待。慎重、慎重再慎重地确认事故的状况，不仅是敝公司，也是人寿保险业界整体的意向。”

“原来是这样。我明白是怎么回事了。不过，要我如何来证明呢？”

“首先，堀之内先生，您确实听到了稻田先生的呼叫声吧？是类似掉落到海里去的惨叫声，对吧？”

“是这样的。这是一个声音大小和方向性的问题。很明显，能感觉到是从甲板向海面掉落的角度和距离感的叫声。”

“是这样啊……看来，坠海是没有错的了。那么，有没有被人推下去的可能性呢？”

“这是不可能的。”堀之内干脆地说道。

“从我听到叫声立刻冲到甲板上，只是一瞬间的事。在那么短的时间内推稻田先生下海的嫌疑人就能消失不见了，实在是令人无法相信的事。”

“但是，从甲板到舱内的入口不是还有一个吗？会不会从那里逃走了呢？”

“啊不，从那个位置逃走是绝对不可能的。”堀之内拿出笔记本，快速描画了出事现场的简图。“也就是说，从这个位置到楼梯口，不管你跑得多快，从叫声开始起跑，怎样都要四五秒钟的时间。不要说人影，就是脚步声都没有听见。而且，虽说稻田先生喝醉了酒，但也不可能那么老实地呆着，生生让嫌疑人抱起来丢入海里。所以说，这是不可能的。”

三田村博将简图拿在手里，边看边思考，最后只能犹豫地摇了摇头，站了起来。“啊，我明白了。这对我来说，很有参考价值。打扰您那么久了，实在不好意思！谢谢。”与最初的情形不同，他只用淡淡的口吻道了谢，毫不犹豫地走了。

走向破绽的序曲

1

“高田马场公寓”虽然被冠名“高田马场”，实际地址却是新宿区下落合一丁目。是一栋建在神田川岸边的十二层住宅。在神田川下游的早稻田至江户川桥一带，多少还残存着以前的风情。可这边附近的两岸和河床都由混凝土组成，构成了巨大的“U 字沟”。而且，不知道是不是对容许流量的预计不足，一到大雨时候，水位上涨，河水漫溢，周围住户和商店便都会有不同程度的损失。或许因为这个吧，所有建筑都是背靠河床而建，让河岸景色显得有些杂乱无章。

三月十五日上午十点，横跨神田川，被称为“染屋桥”的桥上，有两位女子站在那里交谈。确切地说，是一位女子向另一女子询问去高田马场车站的捷径。

接受询问的女子是“高田马场公寓”管理员的妻子，当然对这片地方很熟悉。管理员的妻子恳切地将路线告诉了对方，还仔细确认道：“明白了吗？”这时，她猛地发现了对方脸上突然现出的吃惊神情。

“那，那，那个人，很危险！”女子皱着眉头、张大嘴，眼睛盯着远方的高处看。

“啊，掉下来了！”随着她的惊叫声，管理员的妻子情不自禁地转身，紧随对方的视线看了过去。

贴着高田马场公寓大楼的墙壁，有人掉了下来。人是以头朝下、双臂左右张开、双脚并拢的姿势掉落下来的。感觉像是慢慢地花了很长时间才掉了下来的。

周围响起了如同木桩扔进泥沼地那样沉钝、不快的声音。一瞬之间，两位女子闭上眼睛，转过身来，双手紧紧抓住大桥的栏杆，以支撑自己僵硬的全身，似乎身上的气力在这一刹那间全部泄光了一样。

骑着自行车路过的男子开口问道：“出什么事了吗？”

管理员的妻子好不容易才将事情说明清楚。男子往前方三十米左右的地方看去。确实，有人躺在公寓与河岸之间狭小的空地上。

“死了吗？”看着一动不动的物体，男子不安地说着，却没有走过去确认的勇气。

“快，打电话报警……”

在管理员妻子的催促下，男子慌忙骑上自行车。在公寓前一百米左右的转角，便可以看见公用电话。

“用我家的就可以了啊……”管理员的妻子嘟哝着，自己却没有气力去打电话。

公用电话有人在使。一位年轻女子正在电话亭内拨打电话。男子打开门吼道：“我要打一一〇！快让开！”

或许是被男子气势汹汹的样子吓住了，女子让出了电话亭。男子生下来第一次使用红色紧急送信器，打了一一〇。

“这里是一一〇。”清楚的语声传了过来。

“那个，有人掉了下来，从大楼！啊不，是公寓！”男子结结巴巴地说着，自己都感到慌不择词了。

“有人从公寓掉了下来，是吗？明白了。出事现场在哪里？请告诉我地址。”

“下落合一丁目，门牌不知道。在神田川河边，附近有座桥。”

“新宿区下落合一丁目？门牌不明？神田川岸边？附近有桥，是吗？知道公寓的名字吗？”

“应该是高田马场公寓。”

“高田马场公寓，是吗？知道桥的名字吗？”

“啊，不清楚。”

“桥的名字不明。从几层掉下来？”

“我没有看到。好像是从很高的地方掉下来的。”

“也就是说，有其他目击者了？”

“是两个女人，好像在桥上看见的。”

“目击者是两位女子。知道坠楼者的受伤状态吗？”

“不清楚。我只是远远看了一下。不过，下面是混凝土地面，应该没救了吧，动都不动了。”

“受伤状态不明。几乎是死亡状态。知道伤者的性别、大概年龄吗?”

“大概是男人。年龄不清楚。”

“男性，年龄不明。请告诉我您的名字和地址。”

“那个不重要!”男子急了，声音也大了起来。“再不快些来，可以救的人也来不及了。”

“不用担心，警车和救护车已经出发了。快要到现场了吧。”

合着声音，警笛声由远至近地传来了。

男子走出电话亭，年轻女子脸色苍白地等在一边。

“那个，有人从那边的公寓掉了下来吗?”

“啊，是的。”

“是自杀吗?”

“这个就不知道了。”男子一边回答，一边对女子反常的询问感到怀疑。

“那个，你有什么线索吗?”

“啊，有可能是我认识的人也说不定……刚才打电话过去，有说什么想要自杀之类的。”

这时，警车到了。警官跑了过来。“你是刚才打一一〇电话的长谷川先生吗?”

“是的。”男子答道。

“发生坠楼事故的是这栋公寓吗?”

“是的。是在那边角落掉下去的。是站在那边桥上的两个女人最先看到的。”

“明白了。实在对不起，能不能请你一起过去？”

“好的。啊，对了，这个女人好像认识坠楼者。”

女子脸上现出自我感觉“糟糕”的表情，不太想跟过去。

“是嘛。那你也一起过来吧。”警官用不容反驳的口吻说着，跑了过去。

支援的警车相继到达，救护车也到了。禁止入内的警戒线拉了起来，穿便服的搜查人员也在不断增加。

现场勘查的指挥由户冢警察署的刑侦部长桥本警官执掌。

急救队员已经确认了坠落者的死亡。警察在坠落现场周围拉起了塑料围布，遮住了好事者的视线。

拥有法医勘查资格的桥本和法医一起勘查尸体。

死者是中年男子。一看就能知道他的死亡状态。从头顶至后脑部有挫伤，颈椎骨折、眼球飞突出来。从衣服外面无法判断，不过从全身异常的扭曲状态来看，全身外伤和粉碎性骨折肯定没有错。鼻、口、耳以及外伤部分有出血，而且很明显有生理反应。毫无疑问，坠落是直接死因。

桥本剪开死者的裤子，将体温计插入肛门内。虽然不是最好的方法，不过桥本有自己的测温方法。体温计呈三十一度。由此可知，死亡时间并不长。

所有与事故有关的人员都集中在高田马场公寓的管理室。桥本请管理员的妻子到事故现场确认死者身份。管理员的妻子被警察架着，战战兢兢地靠了过来。桥本才打开塑料围布，管理员妻子立刻“啊”的一声叫了起来，瘫坐到地上。

死者是这栋楼的十二层一二〇一室的住户当山林太郎（三十八岁）。

当山目前仍然独身。去年五月，就在大楼竣工时入住的。

当山经营着一间名为藤之川的咖啡店。咖啡店开在早稻田大学附近，是一间没有店员专营咖啡的小店，是完全是按当山喜好而经营的个性店铺。

“虽然是从事服务性行业的人，却一点儿都不亲切，根本看不到他的笑脸。”管理员的妻子浅田登纪子说道。高田马场公寓的管理员浅田武司（四十八岁）与登纪子（四十四岁）两人住在管理室，没有孩子。这天，武司刚好外出，接到登纪子的电话后急匆匆地赶了回来。

在浅田的陪同下，警察往一二〇一室走去。

当山房间的门锁着。等技侦警察采过指纹后，浅田用钥匙开了门。

“这是管理室保管的钥匙吗？”警察问道。

“是的。”

“还有几把钥匙？”

“还有两把。两把都交给居住者了。为了防止钥匙被复制，采用了电子锁。总共就这三把钥匙。”

首先，让技侦警察入内勘查。他们采取足迹、指纹等花了不少时间。桥本部长命令部下保护好现场，就回到了管理室。

除了管理员夫妇以外的三位事故目击证人，不知要在这里留多久，都开始抱怨起来了。

“目击当山先生坠落的，是哪位？”桥本环视着所有人的脸问道。

“是我。我在那边的桥上向这位太太问路时，看到有人掉了下来。”

“请问，您的姓名是——”

“我叫多歧川萌子。”

“请问您的住址是——”

“港区南青山。”

写下了多岐川萌子的地址、电话号码后，他又详细询问了死者坠落当时的情形。

“我问路时看到公寓最上面的窗户里有个男人探出了身子，觉得很是危险。正在疑惑时，突然间人就掉了下来。呀，好恐怖……”

“是头先着地的？”

“是的。头朝下掉了下来。”多歧川萌子转头用征求的眼神，向管理员的妻子看去。

“我看到的时候，人已经落到八楼左右了。完全是一头朝下地掉下去的。”

“没有听到呼叫声吗？”

“啊，没有听到呼叫声。”多歧川萌子答道。

“不过，我们当时都在大叫，因此而没有听到他的呼叫声也说不定。”

然后，桥本转向了拨打过一一〇的长谷川。长谷川是在附近木工所工作的男子，三十五岁，一个很平凡的人。

“你也看到了坠落瞬间吗？”

“哦，没有。我是事情过后才路过桥那里的。刚好看到有两个女人瘫软在桥上的样子，就开口问：‘出什么事了吗？’”

随后，他叙述了此后到拨打一一〇电话的经过。然后，重要的证言从最后被询问的年轻女子嘴里说了出来。

女子叫友杉范子，在新宿俱乐部工作，是快满二十五岁的陪酒女郎。“我给当山先生打电话。结果，他好像疯了似的用奇怪的声音说：‘我要死了！’之后，他就挂了电话。”

桥本突然听到接近事件核心的证言，很是吃惊。“那是什么时候的事？”

“什么时候？就是事件发生之前啊。”

“之前，大概多长时间之前？几个小时？几分钟？”

“没有那么长时间。电话断了后，我觉得很不安，不停地再打电话过去。那时，那个男人跑来打了一一〇。”

“啊？那么，你是在那个公用电话亭打的电话？”

“啊，是啊！”

“为什么打电话？当山先生的家就在附近，直接去拜访他不是更快？”

“我当然去了。不过，我怎样敲门，当山先生都不开门。事先就和当山先生约好的，他却不来应门。我觉得很奇怪，就从投报口看过去。人明明在里面，却不开门。我很生气，就不断地给他打电话。”友杉范子这时似乎忘了当山已经死亡的事实，眼神变得厉害起来。

“也就是说，你去的时候，当山先生的房门是锁着的?”

“当然了。如果门没锁的话，我早就进去了。”

“你没有钥匙吗?”

“是啊。为什么这么问?”

“你不是当山先生的恋人吗?”

“讨厌。你是这个意思？开什么玩笑！当然，为了做生意，完全否认这种关系那是说谎。不过，我和当山先生之间不是你想象的那种关系。今天和当山先生见面的目的是来收取他的欠款。当山先生的账还没有结清。我催他结账，他让我来拿，还说过了十点半要出门。咖啡店好像是十一点开门。但是，他让我绝对不要去店里。说什么像我们这样的人进出店里，店里的气氛就会被破坏。他真是失礼的人。”或许是因为没有收到钱的原因吧，友杉范子有些自暴自弃地说着。

“当山先生什么时候让你来收钱的?”

“前天。他来店里的时候说的。”

“当时他是什么样子？你有没有他想要自杀的预感?”

“啊，完全没有。当山先生是个阴沉少话的人。那天和平时一样，他没有给人想要自杀的感觉。”

该问的问题都问了。桥本让三位证人离开后，又回到了十二楼。

部下们还在进行室内勘查。两名巡查站在玄关门前，防止其他住户好奇的围观以及媒体报道人员的侵入。

“部长，这个房间呈密室状态啊。”调查科长三谷看到桥本后立刻说道，“那两把钥匙都在房间内找到了。一把在那边的抽屉里；另一把在主人的上衣口袋里。”三谷从扔在沙发上的上衣口袋里找出了钥匙。上衣好像是主人脱下后随手扔在沙发上的。“还有，死者好像服用了LSD。桌上发现了少量像是LSD的粉末。技侦警察取证了。”

“是吗。这么看来，果然是自杀啊！刚才在下面取证时，有个女人说从外面给当山打电话时，听到当山说‘我要死了’。”

“那么，是因为错乱而跳楼的啊。没有找到遗书什么的?”

“有没有从外部入侵的痕迹?”

“到目前为止，还没有发现。这是两房一厅的户型，有起居室、六帖[①]的和室及四帖半的洋室。除了玄关，还有从起居室、和室通往阳台的玻璃门。是双重锁，而且全都上了锁。窗户只有厨房走廊侧面的小窗和这扇窗。厨房窗户都装有铁条。开着的窗只有死者坠落的这扇而已。”

窗户底部到地板的高度是一米六，是相对来说比较小的窗。向左右两边打开的窗宽约六十厘米，成年人勉强可以通过的幅度。不太可能会意外坠落。结合目击者的证言来看，应该是自己跳下去的，或者是被人推下去的。

桥本从窗口探出头去，上下左右环视了一遍。虽然知道是安全的，不过十二层的高度，还是让人感到心惊胆战。

“这个窗户上面是哪里?”

“那上面是楼顶。为了确保安全，出入口都上了锁。”

---

① 帖：日本榻榻米的计量单位。大约相当于三点三平方米。

“那把锁，有没有使用存放在管理室的备用钥匙的可能性?”

向管理员的妻子确认后，否定了这种可能性。那时，管理员的妻子出门买东西去了。不过，她锁了门，管理室还用数字式南京锁锁着了。

正如三谷所说，按现场目击与了解到的情况，当山的房间确似密室一般。

“应该是自杀了，没错。”桥本刑侦部长像是卸下了包袱似的宣告道。

堀之内是在晴海宾馆的房间内看到电视报道事故的新闻的。他首先觉得，那张脸好像在哪里见过。当看到“当山林太郎（三十八岁）”的字幕和报道的瞬间，两年前的五月二日，发生在那智胜浦港的坠海事故便在脑海里涌现了。

那个男人，死了。堀之内心里涌起了某种感慨，人生无常啊!

“单纯的事故死亡或自杀的可能性非常明显。目前，警察还在进行调查。”

新闻转移到了下一个话题。像这样的事，并不是什么特别令人吃惊的。在东京这样的大都会里，不过是各种各样事件、事故中的一件而已。

但是，堀之内却有一种奇妙的紧迫感，无法从刚才报道的新闻中脱身出来。他想起了在那智胜浦港核对乘客名单时，那个叫当山的男人的凌厉目光和不容忽视的神情。那是他强硬的内心在神色上的显现，让人很有压迫感。

那个男人是不可能自杀的，堀之内确信无疑地想道。

之后的一段时间里，堀之内一直关心着事件的报道。在东京与高知之间往返，堀之内两三天就有一次机会可以接触到东京的新闻。他留意着东京的报纸和电视的新闻报道，事件却没有什么新的进展。警察似乎是按最初的判断——自杀来结案的。

可是，堀之内心中的疑惑不但没有澄清，反而越来越强烈起来。

和樋口久美的婚礼越来越近，在准备婚礼、洽谈的时候他的脑子满满的，可偶尔，他还是会想起这件事来。

和那个家伙商量看看吧！堀之内想起了浅见光彦。

堀之内和浅见光彦有五年没见了。老想着他俩是什么时候都能见面的，但真正聚首的机会却不多。岁月就这样流逝了。于是，他给浅见光彦寄了婚礼邀请函。浅见光彦很快寄回了参加的回执。不过，他在明信片的角落里写道："你这家伙！"

他还和以前一样。堀之内因此感到安心。在杂志及图书看到浅见作为侦探一直都很活跃，堀之内有一种浅见生活在另一个世界的感觉。实在地说，他的邀请函也是带着一丝不安而寄出的。

或许，浅见会发现什么的。想起浅见那睿智、深邃的眼神，堀之内突然从心底感到了一种安定感。

2

刚跨出家门，浅见光彦就后悔了。

怎样想，他都觉得浑身不对劲。

原来是衣服不对：简略式的黑色燕尾服、闪闪发光的白色绢质领带、黑色的短靴。

他自己看了也知道，整个装束让他感觉，从脖子以下就好像是别人的身体了。

他刚想像往常一样穿着轻便的服装出门，却被母亲雪江抓住了。“光彦，你今天不是要参加堀之内的婚礼吗？”

“是啊。”

“那，你这算什么，这个样子？”

“不可以吗？”

“当然不行了！你是疯了还是怎么了？”

虽然觉得母亲说得太夸张了，不过也不想违抗她。结果，就变成了现在这副样子。而且，兄长年轻时候的衣服，除了裤子短一点，完全合身。也是运气不好，原想至少可以开车去，可母亲大人硬是说：“参加婚礼一点儿酒也不喝，多失礼啊！”硬是不让他开车。

浅见忍着街上过往的人们都盯着自己看的恐怖感，缩起身子走了出去。

实际上，与浅见错身而过的女子，大部分都会朝他看上一眼，和朋友一起的女孩子还会凑在一起嘀嘀咕咕。实际上，这些都是对浅见充满憧憬的议论。可它们传到浅见的耳朵时，却都成了藐视和嘲笑的非议了。

对浅见来说，堀之内的结婚其实是一种巨大的冲击。只要堀之内还独身，浅见就可以以此为借口拒绝母亲安排的相亲，可现在，最后一个城池也失守了。

话又说回来了，并不是浅见坚持什么独身主义，没有缘分也是一个原因吧。最主要的是，浅见有轻度女性过敏症。得女性过敏症的原因，则是因为恋母情结的宿命吧。关于这一点，浅见自己也有充分的认识。

高中时绰号是“豆芽菜”的堀之内再见面时，个子还是一样的高，可肩膀和胸部变厚了，身体结实了，被太阳晒得黝黑的脸上透出精干的神情，变成了一个真正的“大海的男人”，令好久不见的浅见多少有些吃惊。

新娘也很不错。或许是在营业窗口工作的原因吧，与一般的白领女性有些不同，多了一种漂亮的清爽感。

“这家伙是浅见光彦，现在是有名的私人侦探了。高中时，他可是一个捣蛋鬼，有名的逃学家。现在，却要去追别人了。真的好搞笑!”

听了堀之内的介绍，久美睁大眼睛说道：“哇，好酷哦!”不是恭维，而是真的从内心对侦探这个职业感到好奇——好可爱的表情。

“啊不，我不是侦探。不过刚好与事件有些关联，加上好运气抓住了嫌疑人。我只是一个微不足道的杂文作者而已。”

自从那个事件以来，“侦探”这个虚名就被传播了出去，浅见却多少有些退缩。事实上，还有“客人”特地上门委托，也曾两次非正式地被警察“借用了一下智慧”。一般的“客人”也就不说了，而来自警察的委托背后，则有对警事厅长官、兄长阳一郎的阿谀奉承，浅见怎么也无法坦然接受。但拒绝又不太好，结果也还是不得不接受。不过，不管人们怎样要给他贴上“侦探”的标签，他自己却没有扔掉杂文作者自尊的打算。

不过，被美丽女性用崇拜的眼神看着，他感觉并不坏。“喂，你小子找了个好女孩哦。”新娘去换衣服后，浅见捅了捅堀之内的腹部说道。

堀之内一边笑着，一边说：“别乱说！被看上的可是我哦！”

两个人还想好好说说话，可参加婚礼的人陆续到场了，堀之内要忙着打招呼。

“对了浅见，我有话要跟你说。”他在忙乱中还是没忘了抽空靠近浅见，说道，“不过，可不是什么好的话题……”堀之内事先给他打了预防针。

“什么呀。这么不干脆。”

“啊，不是这样的。不久前，在高田马场发生了男子跳楼自杀的事件，有印象吗？”

“原来如此。还真不是好的话题呢。”

“所以，我还在想要不要对你说呢。算了，顺便对你说一句，那个自杀的男人，我知道。”

“哦，是你认识的人？”

“啊，倒不是认识的人。前年五月，我们公司的船上发生了坠海事故，那个男人就是当时的一个乘客。姓当山，不是远山的金先生的远山，是‘当选’的‘当’和‘山’字。名叫林太郎。因为是很少见的姓，所以就记住了。虽然只是这样而已，却不知为什么会对此事如此在意。很想跟人说说，可又是这样的内容，只好作罢。想着你应该不会介意我说这样的事吧。啊，总算舒服了。这下我可以安心去度蜜月了。”堀之内将要说的说完后，去换衣服了。

他还是和以前一样啊！浅见微微苦笑着，看着以前的“恶友”离开。高中时的堀之内一直是个喜欢讲话的男生，浅见则是很好的听众。虽然两人都有些鲁莽，可因为有了危急时刻抑制能力特强的浅见的存在，两人都以很不错的成绩得以毕业。浅见拥有异于常人的直觉能力，却有拘泥于细枝末节的习惯。论起期末考试的猜题能力，没人可以和浅见相比。翻看教科书和笔记本的时候，他像受到天示似的知道老师会出哪些考题。只要浅见说：“这个部分要在意一下。”那个部分就会以考题的形式出现在试卷上，肯定没错。所以，堀之内将“不知为什么会如此在意”的事推给浅见，也是有这些方面的原因的。

而浅见，真如堀之内预料的，也在意起堀之内在意的事来了。送堀之内去度蜜月后，浅见直接去了户冢警察署。他曾经在某个事件中帮过桥本刑侦部长的忙。或许，这也是让浅见对此起了调查之心的一个便利之处吧。

“怎么了，穿成这样?”

桥本看到穿着黑色西装礼服、系着白色领带、手中拿着紫色小方绸巾包裹的浅见，笑了起来。

“参加朋友的婚礼才回来。穿成这样实在不好意思，还请多多包涵。”浅见在桥本身旁坐了下来，立刻切入正题。

“不久之前的坠楼事件，肯定是自杀吗？”

“啊，基本上按这条线来确定了。不过，还没有下最终结论。”

“那就是说，目前还在调查中？”

“因为没有遗书，为了负责起见，还在他的亲戚、朋友之间调查询问。最主要的是，他对打电话来的女子说了类似要自杀的话，所以自杀应该没有错吧。而且，从现场的状况来看，很难考虑有过失坠落的可能。”

“无法考虑被杀的可能吗？”

“是啊，很难啊。死者的房间处于密室状态。”

“密室啊。”

“是啊。除了坠落的窗口，所有门窗都是关着的。门上用的又是无法复制钥匙的电子锁。一把钥匙在茶几抽屉里，一把在上衣口袋里，还有一把存放在管理室。”

“有没有可能使用管理室的钥匙？”

“没有可能。管理室的门也上了锁。出事当天，管理员出门办事，管理员的妻子出门购物时刚好目击了事故。那时，管理室的门上了锁。管理员的妻子说，她回来时是用钥匙开的门，肯定没错。”

“当时管理员在哪里？”

“管理员？”桥本吃惊地看着浅见，“那个，浅见，你不会怀疑是管理员吧？”

“没有怀疑。不过，也没有理由把他排除在外。”

“原来如此。不过，管理员当时在新宿的一个公司的大楼里。啊，也就是管理那栋公寓的母公司。这一点肯定没错，已经向与管理员见面的安本部长确认过了。”

“那个安本，是怎样的一个人？”

“怎样——”桥本终于说不出话来，只是笑了笑。然后说道：“你啊，真是一个可怕的人！啊呀，我算是服了你了！只要碰上浅见你，耶稣也会成为嫌疑人。不过，为了责任起见，还是调查一下吧！不过，安本不像是会说谎的人。估计再做也是无用功。”

“管理员的妻子可以相信吗？”

“啊呀，又来了！说实话，我们没有做这么深层的调查，没有怀疑的材料。怎么？有什么不对吗？”

“那个，关于目击坠落的那一瞬间，怎么想都觉得太巧了吧？”

“嗯，我们倒是没有考虑到这一点。不过，还有其他女人也看到了，应该没有什么问题啊。要不，连那个女人也一起调查一下？”桥本刑侦部长也热情起来了。

浅见苦笑着说：“这倒不用了。”

“对了，能不能告诉我那个坠楼死亡的男子的简历啊？”

桥本做了个随你便的动作，将调查记录递给了浅见。浅见也不见怪，将重要之点写在自己的笔记本上。

“哦，死去的当山是高知人啊。”对哦，当山曾经乘坐了前往高知的船。就在这时，浅见想起了这一个信息。

“那个男的，是做什么的？”

“他的工作啊，在早稻田大学附近开了一家小小的咖啡店。虽然是个有怪癖的大叔，不过他的咖啡非常好喝，学生们的评价还是不错的。他是用店铺办理的抵押贷款，所以，不能说赚到什么钱了吧。有流言说，这可能就是他自杀的原因。”

“有没有什么明显的自杀症候？”

“到目前为止，还没有查到。正在向他的籍贯地询问，还没有回音。不过，听店里的常客——管理员夫妇说，他完全没有这样的症候。一定要说有的话，也只有贷款这件事了。不过，他本人好像对此并不在乎，还夸口说，到了万不得已的时候，他还是有地方可以搞到钱的。当然，也可能不过是他在夸海口罢了。”

“不是说他死前说过让人联想到自杀的话吗？”

“是在电话里对俱乐部小姐说的。那可能是因为服用了LSD引起的神经错乱吧。自杀也可能是一时冲动引起的吧。”

“LSD啊。当山是LSD的服用者吗？”

“关于这个，还不太清楚。”

浅见沉默了。户家警察署的调查很完美。

看来，所谓自杀的判断是没有多少怀疑的余地了。总之，来自外省的中年男子，在被称为妖魔样大都会的东京一角，真的像着了魔似的自杀身亡。事件就是这样简单。

“高知县幡多郡西土佐村大字藤之川。”浅见再次望着笔记本上的文字，沉思起来。

“当山的故乡是个什么样的地方？”他又问道。

“在高知县的西面。据说是在山里。听高知县警察介绍说，那里是平家落人的部落，在当地被称为‘隐居之乡’。”

“那么说，当山是平家的后裔了？”

“或许是吧。”

浅见脑海里浮现出尚未见过的“隐居之乡”的风景。走过沿着山谷河川种植的林间道，视野瞬间开阔起来。那里有开满桃花的集落。不知为什么，那里家家户户的房舍，有点儿像在白川乡见过的合掌构造。

3

堀之内夫妇带着夏威夷的礼物来浅见家拜访，已经是十天后的事了。

“看来玩得很高兴啊！旅程还真长啊！”浅见看见他们就调侃道。

堀之内耸了耸肩，新娘久美的脸都红了。

“说什么呢。早就回来了，已经走了两个航线了。我们公司怎么可能让我们请那么长的假呢。是因为和久美的休息时间碰不到一起，才没有过来。”

听到堀之内粗声粗气的说话声，浅见的母亲雪江走了过来。雪江将双手放在膝盖上，伸直了背微微向前倾。“恭喜您了。”对将身份、资格奉为金科玉律的女子来说，这样的寒暄已经是可以给儿子的同班同学的最高礼仪了。

堀之内极度紧张，一边说：“啊，非常感谢！”一边双手放在榻榻米上行了大礼来回应。久美也慌忙依样行了礼。不仅浅见，就是堀之内对这位古风的贤母也是畏惧得很。

“堀之内，有出息了啊。”“贤母”用宣言式的口吻夸奖道。

“到底还是对工作专心致志的人不同，不知不觉中就具有了毅然的风格。男人啊，不可以一直轻薄、不上进的。”

雪江瞥了儿子一眼，微笑着对久美说：“我们去那边吧！你会帮忙的，是吧？”说着，她站起身向厨房方向走去。

久美因为正坐的缘故，腿在发麻，再加上紧张，站起来的时候，差一点儿就摔了。

“你母亲还是老样子啊。”堀之内改为盘腿坐下，一边按摩着发麻的腿，一边感叹着。

“是啊。她的狷介、顽固是进行式的，年复一年，越来越重了。”浅见苦笑着说，“不过，我最近认为，多少有些这样的人种存在还是比较好的。以我母亲为基准来看事物，可以很清楚地知道这个世界变化的程度。”

“像是定点观测啊。”堀之内说着一点儿也不好笑的笑话，独自哈哈哈地乐着。

“那家伙，不要紧吧……”堀之内一直担心厨房内的情形，竖起耳朵在听。直到听到那里传来谈笑声，才放下了一颗吊着的心。

“哦，对了，高田马场的那个坠楼事故，怎样了？”堀之内问浅见。

“嗯，那件事应该是自杀的吧。虽然对自杀动机多少还有些疑问，不过，也没有可以否定的根据。”

“是吗，自杀啊？”

“还没有最终确定。好像管辖那里的警察署在向高知县警确认。不过，我还没有听到结果呢。”

“高知……这么说……”

“叫当山的男人是高知县人。啊呀，你，不知道吗?”

“我怎么可能知道呢?”

“是这样啊。我还以为他乘坐去高知的船，所以你肯定是知道的呢。”

“去高知的船是没错，不过那个叫当山的人是在那智胜浦港下的船。”

“哦。不是回高知啊。”

不知道为什么，浅见有一种很奇妙的感觉。听到说在黄金周乘坐去高知的船，任谁都会以为那是要回家乡去的。中途下船，不知为什么，他竟会有一种被欺骗的感觉。

“那个时候，当山和谁在一起旅行吗?”

“没有。他是一个人，独自开车下的船。”

“嗯……一个人？越来越奇怪了！和恋人或朋友一起开车旅行的话，是很容易理解的。一个人的话，付那么高的运费再开车——一般来说，只有衣锦还乡时才会这么做。”

“可不能这么说。那还不是个人喜好啊。”堀之内笑了。

“哦，不是这样。我也不过是按一般常识来说说而已。不过，当山的行动有违常识，一定是有什么理由才要这么做的。”

“话又说回来，现在这个时代，开车回家并不能算衣锦还乡啊。又不是什么了不起的事。”

“那也说不定哦。当山的故乡可是在山里，据说是落人部落。说不定拥有私人轿车是一种象征呢。怎么说，也是开满桃花、合掌构造的天地啊。”浅见把自己的想当然当成事实来叙述，感到很是愉悦。

“哦，还有这样的地方吗？那是哪里？”

“幡多郡西土佐村藤之川……”

“什么？”堀之内大声叫了起来。

久美担心地从厨房探出头来。就连平时对什么都不吃惊的浅见也差点儿站了起来。不知道的还以为他们在吵架呢。

“没关系。你不用担心，你家先生不会怎样的。”浅见笑着对久美温柔地说。

然而，堀之内却苍白着脸，认真道：“喂，浅见！那个地址，肯定没错吧。”

“肯定没错啊。”浅见一边回答，一边用“怎么了”的眼神看着堀之内。

“前年，在我们船上，发生坠海事故死亡的乘客，家乡好像就是这个地址。”

听到堀之内的话，浅见的脸色也变了。“真的吗？”

“嗯，大概吧。刚才浅见你在说那个地址时，我的脑海里很清楚地浮现了这个地名。西土佐村藤之川。很好记！而且，我当时还觉得这是一个很少见的地名。”

“叫什么名字？”

“好像是叫稻田还是稻川那样的名字吧。”

“年龄？”

“三十五岁，还是三十六岁吧。肯定没到四十岁。”

“当山林太郎是三十八岁。”

“那年龄也差不多啊。那个男的如果活着的话，也有这个岁数了啊。是同年级的，或者小一届……不管怎么样，如果是小村庄的话，应该在同一个学校上学。”

“在船上遇见的话，应该不会是不认识的人啊。”

“啊。但是船很大，也有可能根本碰不上。而且，当天晚上就发生了坠海事故。当山在那智胜浦港下的船，根本不知道事故的详情。”

“是啊。可我还是感觉有些不对，又说不上来哪里不对。表面看来，并没有什么特别的关联，可是——”

浅见陷入了沉思。如果高田马场公寓死亡的男子与堀之内所说的“当山”是同一个人，而要发现这之间有什么特殊意义，或许是白费力气也说不定。从平家落人部落来到大都会就职的人也应该不少吧。在这些人中，一个人从船上坠海、另一个人从公寓坠楼，不能说相互之间有因果关系的必然性。而双方都与堀之内有关联，说不定只是单纯的偶然而已——理性地说，应该是这样。但是，超越理性、理论的是感性的部分，一种不祥之感正在浅见心中泛起。

“前年的坠海事故，没有什么可疑之处吗？”

“可疑之处？你指的是什么？”

“也就是说，有没有自杀或他杀的嫌疑？”

“那倒没有。是这样的，因为牵涉到将近两亿日元的保险赔偿金，保险公司的调查员做了相当执著的调查，却没有查出什么。那个调查员好像是这样说的，对那个太太来说，有一大笔钱进账反而更好。据说，还有什么不好的流言。不管怎么说，那个丈夫没有固定职业，像是一个吃软饭的男人。”

“给那样的丈夫保了两亿日元的险?”浅见皱起了眉头。“那不是很不自然吗?”

“是啊，确实不自然。结果，保险公司也只能支付赔偿金。所以说，差不多没有怀疑的余地了。”

“钱已经支付了吗?”

“嗯。我也在意这个。去年五月，刚好事故发生后一年，我曾打电话给保险公司的调查员询问此事。他说，前年十一月，死亡认定下来了，保险公司全额支付了保险赔偿金。”

“那位太太，现在在干什么?”

“这个，我就没有问了。浅见，如果你有兴趣，调查一下怎样?”堀之内向浅见提议。

即使没有堀之内的提议，浅见原本已经有些心动了。不说对事件本身有兴趣，他对“西土佐村藤之川”的平家落人部落就有一种近似憧憬、雀跃的期待感。

“是啊。我也想坐坐你开的船，也想去高知看看!”

“坐我的船?我当然很高兴。不过，你去高知干什么?”

“对哦，高知没有事故和事件。但是，我的脑海里有上苍发出的声音，命令我‘到高知去’。”

浅见故意装出一副神秘的样子，说完，自己也笑了。不过，这也不能完全说是玩笑。浅见接应到了某种预感。

第二天，浅见给户冢警察署的桥本打了电话，询问事件发生之后的进展。

“没有什么显著的进展。”桥本不怎么感兴趣地答道，“按照浅见你的意见，我们对管理员夫妇进行了调查，没有发现什么值得怀疑的。”

“当山的家乡那边怎么样了？有没有找到可以证明是自杀的相关证据？”

“没有，完全没有。话又说回来，当山的家人都不在了。籍贯地的住所已经成了废屋。据说，他的所有家属都死了，甚至没人领取遗体。没有办法，只能将当山的骨灰作为无缘佛，存放到寺庙去了。”

“听说当山是独身。不过，他从未结过婚吗？”

“是啊，不知道他有没有女人。不过，户籍上一直是独身。”

“没有遗产继承人了？”

“这个就不知道了。那是区役所管辖的事情。以后，可能会有不想接受遗体却愿意接受遗产的人出现也说不定。不过，遗产也就是那个公寓房而已，似乎没有什么现金。”

浅见不得不承认，警察已经没有兴趣也没有意欲再去追究这一自杀事件了。浅见又花了几天时间来安排与保险公司调查员三田村博的会面。不知道是三田村博的性格还是保险公司的方针，浅见可以清楚地感觉到，他们对与第三者接触显得有些神经质。一直用要出差啦、日程都满了这样的借口来避免见面。突然间，他又给浅见打电话说：“我想和您见面，请问您什么时候有空？”浅见觉得非常意外，有些被他惊呆了的感觉。

坐落在大手町的保险公司总部大楼接待室里，浅见与三田村博见了面。

“浅见先生是警事厅的浅见刑侦局长的弟弟吧。”三田村博用完美的笑容迎接浅见。

原来如此。浅见算是理解了他前后态度变化的所由了。三田村博需要调查他的身份，所以才要延迟见面的。知道对方是警事厅高干的家人，这才慌忙打电话过来。浅见总是无法接受这种转变。他既不想被捧为“名侦探”，也不想给兄长带来麻烦。可现实却总是这样，总是遇上需要借兄长威风的情况。而且，浅见也没有老成到可以看开这些、认为这样也好的境地。

“我想了解一下前年五月发生在‘海花号’上的坠海事故。”浅见避开饶舌，直接切入正题。

“哦?”三田村博有些意外。“那个事故，与浅见先生有什么关系吗?”

“没有什么关系。只是听说那个事故的死者保了近两亿日元的险，感到有些兴趣而已。”

“是吗?对我们保险公司来说，对那个金额，确实有超越兴趣的关心。不过，那又怎样?”

“听说，赔偿金额已经全部支付了。也就是说，完全没有可以怀疑的地方了?”

“嗯。这可是个很微妙的问题。并不是说完全没有疑点。不过，还是支付了费用。”

“那，疑点，具体指的是什么呢?”

“首先，保险金额过大，每个月要支付的保险费超过十万日元以上。从那个家庭的收入来看，显得很不相称。但是，那位太太的说法也不能说没有正当性……”

“她的说法是什么?”

“那位太太是俱乐部小姐。店里的客人刚好有几个保险公司的职员。来喝酒的同时，顺便劝诱她买了保险。而且，从通过买保险可以留住那些客人这点来说，即使有些勉强，可碍于情面还是买了。这样一来，金额就变得很庞大了。这就是那位太太的解释了。她还说，买的时候软磨硬泡地勉强人家，可真到要支付了却又这么不干脆。看上去，她可是个厉害的角色。”

“原来如此。对她的这个说法，我也有同感啊。”浅见冷冷地说。

三田村博只好尴尬地笑了。“第二，就被保险人死亡时的状况还是很有疑问的。当时，去世的男人喝得相当醉。在那种状况下去甲板，坠落的危险性会增大。这是常识。敝公司确有考虑用‘重大过失’这个签约条款来拒绝支付保险金的打算，但和其他保险公司商谈后，还是做了全额支付。不过，以我个人的观点来看，公司完全可以通过法院来争取。其中有些地方确实显得很微妙。”

“肯定也有从自杀或他杀两方面着手调查吧?”

“当然有调查啦。对这种事，靠警察来调查几乎是不可能的。反而是我们保险调查员，因为有关金钱，所以会更彻底一些。但是，也没有发现任何可以断定自杀或他杀的根据。”

或许，三田村博想起了当时的遗憾，眼睛盯着天花板，脸上满是不甘的神情。“可是，浅见先生，您如此关心以前的事件，有什么特别的理由吧？不介意的话，是否可以告诉我呢?”

“是啊……”浅见犹豫了一下，还是决定将事情告诉三田村博。

“或许三田村博先生也知道，‘海花号’的一等航海士堀之内是我的好朋友。”

“哦，是这样啊。所以，你能知道很多细节啊。”

“其实，是他带来了一个很奇妙的话题。两年前发生事故的时候，有一位在那智胜浦港下船的叫当山的人，最近从高田马场的公寓坠楼死亡了。”

“啊，关于那个事故的报道，我也看到了。”

“如果事情不过如此的话，并没有什么特别的地方。只是，不知为何，堀之内对此很是在意。所以，我就稍微调查了一下。没想到，结果发现了很有趣的东西。”

“那么，不是单纯的事故了？”

“啊，还不是很清楚。有趣的是，那个叫当山的人，和两年前坠海的稻田先生是同乡，年龄也差不多。”

“哦……”三田村博用诧异的眼神看着浅见。

“啊，那个，如果说仅仅是偶然同船的话，也不过如此。但是，那两个人的家乡是被称为平家落人部落的小村庄。一般说来，他们之间应该有很深的交往。但在‘海花号’发生事故的时候，当山却赶着下船，我实在无法理解。而且，当山一个人驾车旅行，你不觉得奇怪吗？黄金周期间，从开往故乡高知的航行途中下船后，他打算去哪里呢？”

“原来如此，原来如此……”三田村博不停地搓着双手。

“也就是说，浅见先生怀疑当山与‘海花号’的事故有什么关系，是吧？”

“可我没有什么凭据……”

“哦不，不！这是很有趣的话题。对我们来说，这也是不可忽视的话题。”

“不过，那个事故的保险金不是已经全额支付了吗？现在再来提这件事，不会给你们添麻烦吗？”

“哪里的话？不管怎么说，那都与庞大金额有关。只要有一点点可疑，公司是不会吝啬调查费用的。”

“什么？”浅见不由自主地盯着对方看。看来，三田村博是不是误会什么了。

“啊，请稍等片刻。我和上司商量一下就来。”三田村博说完就走，浅见根本来不及阻止。

不一会儿，三田村博带着名叫野村的调查部长回来了。

“听三田村博说，浅见先生是警事厅浅见局长的弟弟？”野村圆滑地寒暄着。“请务必继续现在的调查！不，不仅仅是为我们公司，也是为了其他相关公司、保险业界全体，请尽力调查！当然，我们会支付必要的经费。事实上，对揭发不正当领取保险赔偿金的相关人员，各个公司都会支付相应的谢礼。而且，趁这次机会，我们考虑您是否能作为我公司的调查部顾问参与调查……”

这是一个能说会道的男人啊！况且，事情正往浅见根本没有预计到的方向，往大处发展了。浅见只是呆呆地盯着野村部长不断闭合的嘴，完全无法予以回应。

前往平家

1

对浅见来说，第一次长距离坐船航行，是很舒适的。

虽然浅见是开着车到晴海码头的，但因为不舍得运费，所以浅见将车停在码头附近的停车场。浅见在家里是那种寄居身份，此次也就不可能追求什么奢侈了。

“怎么样？这船很不错吧？”堀之内很自豪地带着浅见在船内转了一圈。对好奇心旺盛的浅见来说，什么都是他感兴趣的对象。“哦，坠海事故的现场就是这里了。”堀之内站在3F甲板右舷中央部分介绍说。

“能不能将事故当时的情形再现一下。假定我是那个坠海的男人，站在这里。堀之内，你就从当时走过来的地方开始模拟。”

应浅见的要求，堀之内从后部甲板走了过来。“我在这里客套了一下，马上就走了。”堀之内说完，就打开通往舱内的门，走了进去。

过了大约三秒钟后，堀之内露出了脸。“听到惨叫声，我就这样冲了出来，可你已经消失了。”

“笨蛋，不要说得好像是我掉下去了似的。”

两人大笑了起来。附近乘客都以不可思议的眼神往这边看了过来。

之后，浅见像是在测量自己站立位置至舱内、楼梯的距离似的，走着步测。

“有什么发现吗？”堀之内问道。

“没什么特别的，只是确认一下而已。”

虽然浅见很轻松地说着，可是，他还是思索了很长时间。

下午四点，“海化号”到达高知港。浅见下了船，直接去了高知县警察本部。县警察本部长吉野与浅见的兄长阳一郎是同期同学。根据兄长的指示，浅见“去打声招呼”。为此，还带了兄长给吉野的礼物——舟和[①]的羊羹[②]。

---

① 舟和：1902年创建于东京浅草的日式点心店。

② 羊羹：日本著名点心之一。材料以红豆为主，之后也发展了栗子、番薯、绿茶等口味。为日本品茶时的常备甜点之一。

“那家伙还记得我喜欢吃的东西啊。”吉野高兴得古铜色的脸上更黑里透红了些。怎么看，吉野都像长着一张酒豪的脸。但是，他年轻时酒量就不行。到了浅见家，他常常陪浅见的母亲喝茶。那时，浅见兄长的朋友们经常在浅见家聚会，当时浅见的父亲也还健在。

“国家的中枢是大藏省[①]和内务部。”这是浅见父亲的一贯主张。他经常和学弟们——东京大学的学生一边喝酒，一边热情演说。当时还是小学生的浅见，只能抱着憧憬和陌生感，远远地望着这一切。

就像祖父一样，浅见的父亲也是位高权重的大人物。将来，兄长也是如此吧。他也是同期同学中公认的优秀人物。那样的浅见刑侦局长还记得自己喜欢吃的东西，还让弟弟带过来，吉野从心底里感到高兴和感激。

“我就不客气了。”吉野让秘书打开包装，当着浅见的面吃了一口羊羹。“要说羊羹，还是舟和的最好吃。”

真好吃！太好吃了！吉野一边说，一边接连吃了两块，然后才喝了口茶。看得浅见只觉得胃里都腻得慌。

“那么，你这次来的目的是什么？”

“为了采访。我要去一个叫藤之川的地方。”

“藤之川？”

“在西土佐村那边。据说是平家落人的部落。”

“嗯……”

---

① 大藏省：日本自明治维新后至2000年间存在的中央政府财政机关。后改制为财务省和金融厅。

看来吉野没有太多这方面的知识。

“如果你需要些预备知识的话，让人给你解释一下吧。”

“啊，那倒不必了。什么都不知道，印象会更加深些。”

“原来如此。这倒也是真的。如果遇到什么麻烦了，不用客气哦。我还要谢谢你带羊羹来呢。”哈哈哈，吉野豪放地笑了。

浅见很能理解，这才是兄长的真意。一见之下，都会以为他是个冷静的完美主义者。其实，对朋友，对弟弟，他又是无微不至地关心。这也是兄长性格的另一面吧。

真是败给他了！浅见心里想。

晚餐由吉野做东，品尝了高知的土佐料理。吉野还和以前一样健谈，喝着浓茶，吃着佐酒菜，还吃得很多。“还没有结婚？”

“嗯。实在是不好意思。”

“哪里的话，没必要着急。对官僚来说，因为有外来压力，所以身心都需要安定，才不得不早些结婚。对你来说，还是没有多余的枷锁好。不过，这些话要被你母亲知道了，我又该挨训了。”忍不住缩了缩脖子，吉野又补充道，“保密，保密哦。”

浅见笑了。“我母亲一年到头都在说呢。”

“果然如此，我能想象。我这并不是要推翻我刚才所说，从让你母亲安心的角度来说，还是结婚的好也说不定。不过，多选选还是很不错的。”

“啊，不！我哪有选择的资格啊？”

“但是，像你从事的工作不是很容易接触女性吗？旅行的时候，就没有发生什么浪漫的事吗？就是土佐，也有很多好女孩哦。”

“吉野先生的太太就是吧。”

“她呀，她不行。太能喝酒了。”吉野的脸上露出了微微失望的神情。

早晨七点五十九分，快车足折一号载着满座率百分之三十左右的乘客，准时从高知车站驶出。

开车铃声终止前，一位年轻的女性跑进车厢，在浅见的斜对面坐了下来。

浅见为自己的好运而暗自庆幸。那是一位美丽的女孩。几乎没有化妆的脸上，满是清新纯洁的气息。浅见对化浓妆的女性有一种本能的抗拒。尤其无法理解还是少女的姑娘要如此轻信公司的广告，用化妆品来掩盖原本年轻、清纯的魅力。而眼前的女孩，不过用了些淡淡的口红，没有任何多余的粉饰。不需要借助眼线、眼影什么化妆手段，姑娘也有一双大大的眼睛、挺直的鼻梁、小巧的嘴唇、微红的脸颊。脸型及五官都很完美，找不出一丝缺陷。

女孩将手中做工粗糙的旅行包放到一旁空着的座位上，不耐烦地用手梳着垂到微微有些出汗的额头上的头发。好大的额头啊，浅见不禁微笑了起来。这个瞬间，女孩的眼神对上了浅见的。

浅见自然微微点头，打了个招呼。女孩却用吃惊的眼神一动也不动地盯着他看。虽然不是非难的视线，却也令浅见感到难堪。浅见先将视线移了开去。

足折一号沿着土赞本线前往洼川。在那里，车辆分成两部分，一部分是中村线，另一部分是予土线。浅见乘坐的车辆作为予土线继续前行，十点三十一分到达江川崎。

其间，浅见与女孩都没有讲话。不可以随便与陌生人讲话——女孩自小时候以来，一直受到母亲这样的教育。这种教育在浅见家也是彻底执行的。三十三岁，身心都已过了而立之年的浅见，在这种地方还是会无意识地遵循家训，限制自己的行为举止。

列车滑行进入江川崎车站时，浅见和女孩同时站了起来。“啊，你也在这里下车?”浅见情不自禁地问道。

女孩和刚才一样，用吃惊的眼神看了看浅见，慌忙逃也似的下了车。江川崎站是一个木头造就的小车站。浅见走出车站时并没有花多少时间，可已经看不见女孩的身姿了。他再回到检票口，询问了去藤之川的方法。

“去藤之川，就搭那趟巴士吧。”一个有些发福的中年车站员指着停在车站前的巴士，用偏高的嗓音说。

“马上就要开车了，快点去吧!”

浅见慌忙跑了过去。弯腰走上巴士后，巴士立刻关门出发了。上车后他发现，车上有显示巴士乘坐费用的价目表。浅见站在那里，好奇地打量着狭小的车厢。然后，就在眼前的座位上，浅见发现了刚才的女孩。女孩看着窗外，似乎在欣赏外面的风景。可实际上，他能清楚地感觉到女孩很在意他的存在。

浅见在摇晃的车厢里走到最后一排，坐了下来。

很快，巴士离开城镇，沿着河边的道路勇往直前。不愧是南国的土佐，还只是四月，可阳光已经似夏日般灿烂、灼人了。巴士的乘客总共六人，除了浅见和那个女孩，都是老人。从他们的谈话中可以猜出，都是从医院回家的途中。相互之间确认病情，话题逐渐出轨，车厢内响起了猥琐的笑声。

突然，一位老人好像想起什么似的，向坐在前面的女孩问道："东京怎样啊？"

由此，浅见知道女孩是从东京回来的。

"一般……"女孩没有改变坐姿，只是简短地答道。

"你没有见到教由君的媳妇啊？"

"嗯。"

"据说，当山的儿子也死了。从村里出去的人都没有什么好结果。一定是受到惩罚了。"

"不要这样说！"女孩突然转过身来。她眼中燃烧着愤怒的火焰，不是看着老人，而是停在了浅见那里。

"啊啊，好恐怖……"老人缩了缩脖子。

浅见也有好像被训的感觉，赶紧将视线移了开去。

巴士开过一座大桥后就离开国道，上了狭小的山道。山道路况很差，弯弯曲曲。左边是悬崖，右边是山谷，巴士摇摇晃晃，慢慢往上攀登。也没有交错而过的车辆，开多远都看不见住户。浅见不禁怀疑，巴士是否就会这样慢慢被大山吸了进去。

终于，在巴士开到山谷一侧往下行的时候，可以看到建在平地上的住宅了。一直下到三岔路口时，巴士停了下来。有位老婆婆站起来，下了巴士。三岔路口竖着像是登山标志似的牌子，已经被风化的文字还隐约能看出“寿庄”二字。估计这是旅馆或民宿了。看来，这里是村子的入口了。巴士又继续往前开。道路越来越窄，道路两旁的树木却非常茂盛。看来，树下的杂草刚刚整修过，不时还能看到培育香菇的棚架。

眼前，视野突然开阔起来。盆地中央流淌着小河，左右斜面散布着田地和住户。周围都被耸立的山峰和山脊包围。每家每户的院子里都种着矮小的灌木，淡黄色的小小花朵点缀着灌木丛。这是此地特有的野生灌木，花朵名为土佐水木。浅见没有这方面的知识。虽然没有浅见想象中的桃花盛开的模样，可遍地开满了不知名的花朵的无限风情，同样满足了浅见憧憬的世外桃源情结。

进入盆地后，，最初的巴士站有两位老人下了车。又开了约两百米，巴士停在了商店前面。最后一位老人和女孩下了车。

巴士载着浅见又向前行驶了一段，在桥边一个小广场停了下来。司机并不转身，只是说：：“终点到了。”

浅见一边支付车费，一边询问乡公所的所在地。司机用手指着前面说：“如果是分部的话，就在学校边上。”

过了小桥，就可以看到前面路边有像学校和村落的建筑群。浅见下了巴士，走在露出河原石的路上，边走边有一种与周围风景不相协调的感觉，似乎并非陌生之故。走到学校前面，浅见突然知道自己不协调的感觉所来为何了——只有风景，不见人影。实际上，除了巴士上的乘客，浅见还没有见过一个村里人。这样的想法又因为校园、教室窗口中都看不到孩子们的身姿而更显得沉重，令人忧郁。

虽然学校很小，外墙还很干净，并没有年代久远的感觉。然而，相邻的建筑物虽然多少有些差异，但几乎都是年代久远的建筑。尤其是乡公所，黑色的板壁、屋顶、房檐上生长的荠草都比普通民居要多，因此，显得比普通民居要破旧很多。

乡公所内中年男女各一位正无所事事地坐在办公桌边喝茶。浅见走进乡公所，两人用似乎看见恶魔似的无法相信的眼神看着浅见。看来，外乡人到这样的世外桃源来似乎是少有的事了。

“对不起，我想问一下有关当山林太郎的事?”浅见开口询问。

过了很久，中年男子才站起来，说：“啊，好。”

“您想问什么呢?”身材矮胖、看似老好人的男子眼中浮现出不安的神色。

“当山先生去世的事情已经知道了吧?”

“是的。”

“据说，当山先生的家属都已经不在了。有血缘关系的亲戚还在吗?”

“啊，没有。”

“那么，当山先生出生时的家，现在怎样了?”

“关于那件事，之前，警察也来调查过。你也是警察吗?”

“啊，是的。和警察也差不多吧。”

“那个叫当山的人，原本不是这里的。所以，他在这里也没有亲属。”

“但是，他档案上的籍贯填的就是这里的地址？”

“嗯，确实如此。关于这件事，说来话长。”

“如果可以，请详细说一下！”

“那么——”男子终于请浅见坐了下来。

三十四年前，当山林太郎被父亲带到这个村子。那时，正好是春天，林太郎才四岁。当时，围绕这个盆地的山峰正盛行采伐丝柏，最多的时候有一百多人从事采伐。原本藤之川与外界连接的只有越过南侧山巅、穿村而过的一条路线而已。由于营林署的介入，开设了现在沿着山谷的林间道。如此盛行的事业，也给村子带来了丰厚的经济效益，人口也增加到八百以上。

与家属一起来此移居的人很多。他们利用手边的木材，建起了临时木板房，逐渐与村民同化。在这里休养生息、生儿育女，生活也逐渐安定了下来。

当山的父亲也是这样的劳动者之一。

为什么只有父子两人来此？林太郎的母亲怎么了？关于这些，没有人知道。唯一能知道的是，当山的父亲——当山武男是大阪人。因为户口簿在大阪空袭中被毁，就以本村作为新的籍贯地，只在户口簿上加了这样的记载。至于这些是否属实，现在已经无法确认了。

来村里没有多久，当山的父亲因事故右腿负伤，山上的工作完全不可能干了。他人缘很好，与村民相处不错。村里有人好意将旧宅给了当山父子，并让他帮忙干些农田里的活。村中男人全都去从事能够立刻拿到现金收入的营林事业，农田的活都由妇女来承担。因此，即使身体多少有些不方便的男子，还是很受欢迎的。

林太郎与其他伐木者的子弟同样，上了藤之川小学。现在，所有学年的学生加起来也只有十二名左右，当时却有近百名。在这中间，林太郎是非常突出的优秀少年。他不仅学习好，还有出色的指导才能，担任了班级委员、学生会会长等职务。进了中学后，成绩依然居于首位。当山林太郎成了藤之川为数不多有望升入高中学习的学生之一。

然而，当山林太郎中学三年级的夏天，父亲因旧伤导致骨髓炎恶化，没多久就去世了。好在邻居的孩子与林太郎是同学，因为他们的好意，林太郎终于能够中学毕业。但是，他不得不断了继续上高中的念头。与其他少年一样，当山林太郎也开始从事营林署的工作。

然而，中学毕业还不到两个月的五月底，林太郎与恩人家的少年一起离开了村子。

“请等一下!”在男子述说中一直保持沉默的浅见，突然举手打断了他。“那，另一个少年，不会是叫稻田教由的吧?”浅见说出了从堀之内那里听来的姓名。

“就是他。你怎么会知道的?”乡公所职员用奇怪的眼神看着浅见。

“真的是这样啊!”但是，即使知道这件事，当山和稻田各自的死又意味着什么呢?他们相互之间，又有什么样的联系?浅见还是无法推测。“当山先生离开这里的理由是什么呢?”

“关于这一点，我也不是直接听到的。呃，这也成为了传说一样的故事。据说，那是因为他对林业前景抱有悲观的看法。虽然是个冷漠的孩子，却能在木材盛行的时候看到未来的发展，不愧是个真正的天才。这件事，现在还是大家饭后茶余的谈资。”

“也就是说，那个预言成了现实？”

“是的。虽然营林署没有出示正确的数字、村子里的人还不明不白，采伐事业突然就终止了，剩下的是光秃秃的山和需要慢慢继续植林恢复的林地。正如您所看到的，村里人口也只有木材最盛行时的四分之一了。年轻人连续不断地离开，村里也越来越寂寞了。”

乡公所职员无限感叹的言语中满是无奈。

“那个叫稻田的先生，也在前年因意外而死亡。从离开村里到死亡为止，知道他们两人是如何生活的吗？”

“是啊，刚离开村子的时候，还有音讯传来。可不知为何，突然完全音讯不通，也不知道他们在哪里做什么？当山原来就是从外面来的，怎样都无所谓。可稻田教由的家属却是非常担心。四年前，教由写信来乡公所申请户籍本，这才知道他在东京。事实上，在那半年前，稻田的家中出了不幸的事，他的兄长信隆去世了。为了安慰父亲广信，稻田说要回家来看望家人一次。但是，不知怎么回事，却没有马上回家。两年前的五月，稻田突然寄明信片回来说，马上就要回家。却在回来的船上坠海去世了。”

“那么，稻田先生的父亲还健在？”

“在。身体很好哦。”

“我想去拜访他。可不可以告诉我地址？”

乡公所职员走到窗边，隔着窗户指着远处说："走过那边的田地，可以看见两户人家。前面一户就是以前当山他们的住宅，现在已经成了废屋；后面的住宅就是稻田广信的家了。"接下来，他说，"你说是乡公所安春讲的就可以了。那家的老人不太好相处，脾气有些怪。"

"安春是姓吗?"

"不，我姓稻田。这个村子有四分之一的人姓稻田。平家一门的稻田是我们的祖先。"

"那么，说你们是平家落人的部落是真的了?"

"当然是真的。"稻田安春自豪地说，"到明治维新时代为止，这里几乎是与外界没有任何交流的另一个世界。现在，还被称为'隐居之乡'呢。"

隐居之乡——确实是名副其实的秘境。浅见看着窗外展开的风景，默默地想着。

2

隔着河，巴士来到山道对面的斜面上。沿着等高线，这里有一条通往河流下游的小路。面向道路，坐落着六七户人家。其中一间是销售食材、杂货的小商店。

刚才还看不到一个人影，现在却有人在屋前看着浅见走了过去。大部分是躲在窗户后面窥视的女人和在屋前抱胸远观的男人。还有三人把头凑在一起，大声议论道："哪里来的人?"

穿着轻松便装、戴着网球帽的浅见，在这里似乎享受着异邦人士的待遇。走在路上，浅见背上感受着无数充满好奇心和警戒心的眼神。

从远处眺望当山以前的住屋时，还有些山村牧歌式的情调，走近了看却像是幽灵住宅——倒塌的土墙；只留下破残木框的拉门；到处都可见腐朽毁坏的稻草屋顶。在无法幸免的时间的淫威下，阴气也结伴而来。

走过废屋，稻田家建在地势更高一些的地方。浅见站在稻田家的院子前，从暗处的门里走出一个女孩。虽然衣服换成了平时的穿着，可浅见还是一眼就认出了她就是刚才车上见过的女孩。

“嗨，我们又见面了。”浅见轻松地打着招呼。

女孩吸了口气，一动也不动地站在那里，睁着大大的眼睛盯着这边看。正当浅见想再次询问而往前一步时，女孩突然一个急转身，往家里逃去了。浅见有些困惑地犹豫了一下，没有办法，只能慢慢地跟在她后面。

一位老人从土屋冲了出来，手中斜斜地拿着长柄的割草镰刀，站在浅见面前。

“你是谁?”年龄约为七十岁，穿着田间作业服的瘦弱身姿却能发出令人无法想象的巨大音量。

他凛然的声音令浅见有了退缩的意思。“我从东京来，叫浅见……”

“果然是这样。从东京一直跟来的啊。”

浅见无法理解老人话中的意思，却能感觉到他的敌意。为了安全起见，浅见慌忙解释道：“那个，我是乡公所的安春介绍过来的。”

“安春？真的吗？喂，佐和，打个电话去问问。”

老人向土房里面的女孩命令道。浅见松了一口气，举起手来，想脱下帽子。

“不准动！”

老人大吼一声。浅见被吓得半举着手，一动也不敢动。感觉过了很长的时间。不知是走路过来出的汗，还是吓出来的冷汗，汗水通过额头渗到他的眼中，让人很是难受。

“是安春先生介绍的。据说是警方的人。”

耳边传来了女孩的声音，可老人还是没有放松警戒。

“警察？警察为什么要做坏事？佐和，打电话给派出所，就说让他赶快过来！”

浅见终于知道自己被误会了。看来，要辩解还很困难。没有办法，只能等派出所的警察来了再说了。之后，又是更长时间的等待。浅见注意到，村里人开始在背后聚集了。如此一来，他更是进退两难了。浅见苦笑着想。

派出所的警察开着50cc的摩托赶了过来。这是个小胖墩，一个有着小眼睛的巡查。“怎么了？”没有威势的声音在这种场合的异样氛围下，更显得缺乏说服力。

“这个人说自己是警方的人。”老人盯着浅见说道。

“警察？”巡查似乎要看到浅见的眼中去似的，盯着浅见说，“真的？”

“啊不，我不是警察。”

“可是刚才，你不是说你是警方的人吗？”浅见身后传来了稻田安春的声音。

“我没有这样说。你问我是不是警方的人，我只是说类似而已。”浅见半斜着头说。

“假冒警察吗?”巡查以对待犯人的眼神看着浅见。或许是因为村民的敌意，巡查不得不现出严厉的神情。“根据目前的情形，我可以对你执行紧急逮捕。”

“糟糕，我没有诈称官名。我干的是类似私人侦探一样的事务。从那个意义上说，类似警方的人而已。”

“私人侦探?那么，你有什么证明吗?”

“那种东西，怎么可能有?”

“那就怪了。不管怎么样，先去派出所再说吧!”

巡查抓着浅见的手腕对一旁的青年说：“摩托车交给你了。”一边说，一边迈开了步伐。

这虽然不是浅见的本意，不过确实能让他从割草镰刀的恐怖下解放了出来。村民们也在后面慢慢跟着。还有人开玩笑地说：“不戴手铐吗?”虽然不能说这是受欢迎的状态，浅见还是有享受发生意外插曲的性格，倒也没有什么悲观的想法。

派出所就在进入村子后第二个巴士站附近。巡查将浅见、老人和女孩让进屋内，而将围观的村民关在了玻璃门外面。

“你是从东京一直跟着这个女孩来的吗?”在听取了浅见的姓名、地址后，巡查问道，神情严肃。

“哪里的话。我第一次见到她是在高知发出的列车上。”

“怎么样，佐和?”

“我也不太清楚。他是从高知过来的肯定没错。昨晚船上跟随的或许是别人也说不定。”

“昨晚?”浅见看着女孩问道。

“你是昨晚坐船到高知的吗?”

女孩点点头,“从大阪出发的轮船。”

“那就很清楚了。”浅见终于露出了灿烂的笑容。“我是乘东京来的船于昨天下午四时左右到达高知的。在高知住了一晚。对了,你要不相信的话,可以问问高知县警。昨天,我去那里拜访过。”

“去县警那里……”巡查的脸上现出了意外的神情。“去的什么部门?”

“去拜访了吉野本部长。”

“本部长……”巡查用看怪物的眼神,上上下下打量着浅见。

“吉野先生和我兄长是同窗,还是同一大学毕业。我很小的时候就认识他了。”

“那个——”巡查咽了口口水问,“那么,浅见先生的兄长也是警察……”

“是的,他在警事厅工作。”

巡查的额头上突然冒出了大量的汗珠。与县警本部长是同学,还在警事厅工作,是什么职位上的人物就不难想象了。

“啊,是这样啊。实在对不起,刚才失礼了。”巡查一边站起来,一边用皱巴巴的手绢擦着汗。“大爷,这个是你们搞错了。浅见先生不是做这种事的人。你们要给他道歉。”

“呵,不要道什么歉的。”浅见不好意思地在眼前拼命摆手。“大家都有失礼的地方,我根本都不在意。如果允许的话，稻田先生，我想向您请教一下有关教由先生的事。”

“教由的事？”稻田广信原本就困惑于状况的变化，听了浅见的话，更是吃惊得张着嘴直发呆。

稻田广信述说长子信隆暴死之后，二儿子教由又不幸死亡时，眼中满是泪水，痛苦得说不出话来。他那像古代武士般挥舞着割草镰刀的精悍汉子的身影完全消失了，剩下的只是一个衰老、容易感伤的农夫的身姿。

“对教由，我早就不抱任何希望了。当听说他要带着媳妇回家来时，我还以为是在做梦呢。然而，出了那样的事后，我真的希望，还不如一直不和我们联系来得更好。到死为止，他都是一个不孝之子啊。”

“不要这样说。”稻田的孙女佐和用教训的口吻说道，“爷爷，你不是说他是个很善良的孩子吗？”佐和一边说，一边倒上重新泡好的茶，端到浅见面前。

在这么近的距离再来看解除警戒后的佐和，可以感觉到她身上散发着某种神秘的像野花那样的清香。浅见看着佐和的侧面，稍稍有些出神。

在山野人家长大的佐和，估计没有正式学习礼仪的机会。确实，端茶的动作、说话的口吻什么的，已经超出了朴实寡言的范围，有粗糙的一面。不过，浅见还是感觉到佐和血统中与生俱来的毅然而优雅的本质美。没有缺陷的容貌、野性美、柔和而又强硬的姿态，让他找不到一丝缺点。但是，比起她的外貌，她更有一种或许她本人都没有注意到的更深沉的内在气质吸引着浅见。在她面前，浅见有一种灵魂被吸走的感觉。

“就是那个善良害了他吧。”老人咬牙切齿地低吼出来。

浅见被这种激烈的感情发泄惊得回过神来。

“如果不去同情当山儿子的话，教由不会离家出走的。”

“可是，那个叫当山的人也死了。就算了吧。都是很久以前的事了，你再记恨又有什么意义？”

与其说是在对祖父说话，还不如说在教育顽固、不懂事的小孩更恰当。老人也是率直地回答道：“嗯、嗯。”一副点头受教的样子。

佐和走开后，老人小声地说：“她都继承了她母亲的基因。不是我这个做祖父的人在说，她还真有让人不得不服从的能力。”

他苦笑的表情中除了满是对孙女宠溺，还可以看到一丝虔诚的神色。

“佐和小姐的母亲，是怎样一位女子？”浅见捕捉到了那丝神色，好奇地问道。

“佐和的母亲是稻田一族本宗的人。”老人用凄苦而又自豪的口吻说。

“或许你没有注意到，村口处有个祠堂。那是我们稻田姓氏的总本家。是寿永四年[1]坛之浦之战[2]中失败后流落到此地的集团头领——稻田朝臣信忠的直系。如果我们战胜的

---

① 寿永四年：1185 年。

② 坛之浦之战：1185 年 3 月 24 日，在关门海峡的坛之浦展开了平家与源氏的海战。最终源氏得胜。此战也是源平之争的最后一役。

话，那就是我们的主人了。虽然现在只是一般百姓，可在我们心里，还是无法忘记平家一族的骄傲。这也像是我们的精神支柱吧。要放在以前，这完全是不可能的事。幸运的是，我的儿子信隆娶了总本家的小女儿真奈。对了，那还是教由离家出走后第二年的事。然后，就生下了佐和。不过，真奈是个身子很弱的女子，在佐和上小学二年级的时候就去世了。我们已经尽量不让她做那些百姓做的事了，可还是……也许是她的命吧，真的让人伤心啊……”

很明显，老人心中与其将真奈当作儿子的媳妇，还不如说当作主人家的女儿更为确切。对继承了儿媳妇血统的佐和，他也是抱有虔敬的心情。对此，浅见并没有嘲笑他，反而有一种新鲜的感觉，同时感到了另一种的美好情感。已经灭亡却又无法完全消失的平家的执念，在电子万能的现代社会，对旧主还有忠义之情存在，确实令人有些吃惊。

佐和对这种立场是否有认识，浅见无法推测。佐和的举止行为都爽快、大方，没有过分的执著。估计，佐和可能都没有意识到自己的美丽，就长大了吧。

这个女孩懂不懂恋爱呢？想到这一点时，浅见心中不由一阵慌乱，很是狼狈。

“对了，教由先生离开这个村子的时候是昭和三十四年[1]五月吧？”浅见改换了话题。

“从那以后，教由先生一直都没有和你们联络吗？”

---

① 昭和三十四年：1959 年。

“啊，几乎没有。告诉我们也没有什么关系啊。刚刚离家出走的时候，还从他的工作地寄了明信片回来，后来就再也没有音信了。”

“那个时候，他是和当山先生在一起的吗？”

“是那样的。”

“那么，您还记得是从什么地方寄来的明信片吗？还有，大概是什么时候寄出的……”

“这个容易。当时的明信片，我都还留着。”

“哦？真的吗？我是否能拜读一下呢？”

“没关系。请看吧！”老人从柜子里取出一个小木箱，打开了盖子。小木箱里面存放的是几张已经变色的旧明信片。所有文字都是用铅笔写的。可以窥见当时的教由少年过的是什么样的生活。

明信片上的文字都是汇报近况、一切安好以及对自己的不孝表示道歉。第一张明信片至第五张明信片的寄出地址都是大阪以及周围的地址，而第六张则是奈良的邮戳。

> 我现在在奈良。大阪的工作已经辞了。和太郎商量后，我们决定去名古屋。我们打算一边旅游，一边前往。奈良有许多鹿。太郎买了鹿食喂鹿后，被鹿追赶着讨食。我们都很好，请不用担心。我会好好工作，赚很多钱然后回家。爸爸、哥哥，你们也多保重！再见。

明信片的收信人都是稻田雅。

“那是我的老婆。真奈去世三年后，她也死了。”老人说道。

第七张明信片的邮戳是龟山局。

昨天晚上，我们住宿那家的老婆婆很像妈妈，我突然很想念您。但是，我很坚强，没有掉眼泪。太郎是好人，他一直都很关心我。我们两人要赚很多钱后回藤之川。您多保重身体！再见。

然后是第八张，也是最后一张，盖着桑名的邮戳，日期是九月二十六日。

昨天，我们在四日市住宿。现在到了一个叫桑名市的地方。附近有很多工场，空气也不好，头会痛。希望名古屋不要这样才好。藤之川比大阪及其他任何地方都要好。我和太郎说，要快点儿赚钱，早点儿回藤之川去。真的很期待那天的到来。明天就要到名古屋了。工作定下来后我会给您写信。妈妈，秋天容易感冒，您要多保重！再见。

看完明信片，浅见的眼前变得蒙胧起来。朴素的表述，字里行间却不断流露出明信片发送者的思乡之情。

两个少年从大阪搭顺风车去名古屋，却将此无奈之举视为一边旅游——似乎是游山玩水的气氛。显而易见，事实并非如此。浅见从一张张明信片中看到两位少年空怀凌云壮志，却被现实逼得走投无路，已经到了崩溃的边缘。浅见似乎能感觉到他们难耐的饥饿、脚底磨出了水泡的痛楚在隐隐传来。

“这是最后一张明信片吗?”好容易找回了理性，浅见问。

“啊，是的。”

老人拿起那张明信片，眼中涌现了泪光。“从那以后，已经有二十多年没有他的任何音信了。”

“那个——两年前，又突然写信来了吧?还在吗?”

老人默默地站了起来，从隔壁房间的佛龛里取了一封信回来。

3

父亲大人：

很长时间没有联络了，真的对不起。母亲大人和哥哥去世也不知道，实在是不孝！我从心底里道歉。这么长时间让大家担心，让大家悲痛。虽然我也有我的难处，但终究不是能得到原谅的借口。

我也终于长大成人了，也赚到了一些钱。我希望能多少补偿至今为止的不孝行为。近期，我将带着去年结婚的妻子一起回藤之川。父亲以及还未见过的佐和，以后再也不让你们辛苦了。请多保重！

教由敬上

四月二十日

这封信与之前的明信片相隔了二十一年。虽然是很短一段文字，却能让人感到流逝岁月的沉重。似乎能看到从大阪到名古屋，像小狗那样欢快地旅行的少年已经不见了，取而代之的是拥有生活能力、厚重而略带阴郁的中年男子的身姿。这空白的二十年间，稻田教由过的是怎样的人生呢?

“即使那样，”浅见说道，“这二十年以上的岁月里，教由先生到底为什么与家中音信不通了呢?”

“那个，我也不知道了。有时候我会想，或许他是做了什么坏事去坐牢了，也说不定。”

“不，那绝对不可能。如果是那样，反而会有信息过来。”

“要么，他被卷入了暴力团，实在没有办法了。也可能是在什么地方的工厂。不管怎样，现在看来，这些都已经无所谓了。”

“不过，就算是这样，二十年的时间也太长了。而且，那么频繁地寄过明信片的教由先生突然音信不通，不会是那么简单的事。唯一能想到的是，他肯定是遇到了什么重大的事情。例如，能够改变教由先生人生观的事情。”

突然，浅见联想到了《悲惨世界》的主人公。因为一个小小的事件而改变今后人生的方向的事并不少见。以昭和三十四年九月末为界，在教由身上发生了什么巨大而不可抗拒的事情，由此进入完全无法想象的世界，成了那个世界的迷路者。

老人和年轻客人之间出现了沉默，各自在想象着教由的过去。

太阳已经开始转向，从西侧的窗户射进的光线在榻榻米上画出了细小的花纹。在微暗的房间中，只有这里有令人目眩的光线的空间，好似一个生命体似的，蠢蠢欲动，缓慢地成长。

感觉到背后的视线，浅见转过身去，佐和在那边端坐着。

“佐和小姐去东京的目的，是要见教由先生的太太吗？”浅见确认着巴士上听来的信息。

“是的。”佐和答道。她又接着说，“但是，没有见到。”

“没有见到？有什么理由吗？不知道地址吗？”

“地址变了。不过，调查后知道了新地址。不仅是地址，连姓也恢复了结婚前的姓。叫多歧川萌子。”

“多歧川？”浅见的视线在空中游荡摸索。似乎在哪里见过类似姓名。

不过，他最终还是没有想起来，只好继续询问。“既然已经知道得那么清楚了，为什么还是没有见到呢？”

“我去拜访了，家里没有人。打电话给她，却说非常忙。但是……”佐和皱起了眉头，微微低下了头。

“但是，是什么？”

“那个人，会不会是不想和我见面？我感觉她在躲避我……”

“躲避？有什么需要躲避的理由吗？”

“那我就不知道了。我只是想见她，问问我叔叔的事，另外再谢谢她而已。”佐和用寻求确认的眼神看着祖父。

“是那样的。佐和就是为此特地去东京的。她为什么不见见佐和呢？实在是搞不懂！”老人露出了凄苦的神色。

“刚才你说的那个‘谢谢’，是怎么回事？”

“那是……”佐和开了个头，却又犹豫着，在确认祖父的意思。

“说吧，没关系。”老人点头应允。

“那是对她送钱过来的感谢。说是叔叔的遗产什么的，送了一千万日元过来。”

“一千万日元……”

“是很大一笔钱，不是吗？所以，我们想要好好感谢她。”

“真是很大方的人啊！”

稻田教由买了近两亿日元的保险。或许，与此相比，一千万日元实在不能算是一个令人吃惊的金额。然而，单独来看，一千万日元确实不是一个小数目了。而且，从法律上来说，也没有说一定要分给父亲和侄女的义务。从这个意义上来说，他们对萌子有很大方这样的感想，便是极为正常的了。不过，浅见对此还是抱有疑问。

“既然是这么好的人，虽说完全不认识，但躲避总归是丈夫教由先生的侄女，实在不可思议。”

“都会里的人都是很冷漠的吧？”对自己脱口而出的话，广信老人有些不好意思起来。“啊，我不是在说你哦。”

“或许真如您所说。”浅见笑着说道，“在都会里，大家都很拼命地生活。认为不将他人踢下去，自己就无法上去的人也不是少数。然后，就会逐渐变得孤独，不再相信他人了。但是，如果说教由先生的太太也是那样的人，又是什么理由促使她这么善良地送出一千万日元的呢？无法说明她这么做的理由。”

“但是——”佐和用尖锐的口吻说道，“如果是善良的人的话，为什么都没有写信告诉我们叔叔去世的消息？我们是很久以后才知道叔叔去世的。也不知道有没有举行葬礼？他的骨灰存放在哪里的寺庙？为了知道这些，我才特地去了东京。”

“原来如此。”浅见变得严肃起来。

“想想也是。教由先生去世时，她既然已经到了高知，居然没有到这里来而直接回去，实在很奇怪。一般来说，对深爱着的丈夫的故乡，总是会想看一眼的。”

如果说萌子是不拘泥于过去的现代女子，那一千万日元的礼物又无法解释。那个叫多岐川萌子的女子引发的迷惑，在浅见的心里不断膨胀，扩大。

“我回到东京后会想办法与她见上一面。关于教由先生的过去、为什么避开佐和小姐等疑问有了比较清晰的解释后，我会再和你们联系。”

“如果能这样，最好了。”老人用依赖的眼神看着浅见，“还有，能帮忙问一下骨灰放在什么寺庙里吗？”

“好的。我保证一定做到。”浅见看了一下钟。山上开始吹起了寒冷的晚风。

“今晚会在这里住下吧？”佐和高兴地说。

“啊，不。来的途中看到一个叫寿庄的旅馆，打算在那里住宿。”

“但是，已经没有巴士了啊。”

“啊……”浅见大吃一惊。

然而，老人比浅见更为吃惊，眼睛睁得大大的。这意味着什么？那个时候，浅见完全没有注意到。

没有办法，浅见只能宿在这里了。佐和急急忙忙去准备晚餐。广信老人也不知道该说什么好，便沉默着，胡乱地往地炉里添些柴火。会话停止后，从远处传来了河水流淌的声音、青蛙微弱的鸣声，地炉里柴火发出的噼啪声就突然听得很清楚了。对已经习惯了都会噪音的耳朵来说，为了要寻求更多的音源，像是在空中摸索一样。

“你，今年几岁了？”老人紧张地问。

“三十三岁了。”

“哦，已经这么大了。那么，有几个孩子啊？”

“还没有……”浅见的脸红了。“实在很不好意思，我还是独身。”

“是吗？”老人显得更为忧郁了。过了很大一会儿，又突然开口说，“佐和十九岁了。”

厨房里传来了什么声音。因为这个声音，浅见才知道，原来佐和一直静静地竖着耳朵，在关注这里的动静。房间里漂浮着一种尴尬的氛围。

“啊，是吗？”隔了很长一段时间，浅见才回过神来，答道。

“佐和有些很奇妙的能力。”老人将声音压得很低地说道，“对以后的事，她都会知道。”

“是有预知能力吗？”

“预知?”

“也就是说，像是一种千里眼吧，可以预言……”

“那我就不清楚了。应该不是那么夸张的东西。不过，她父亲在医院去世时，还没有得到通知她就知道了。她母亲去世的时候据说也是这样。当时，我在医院，所以不太清楚。”

“知道，是怎样的一种知道呢?”

“夜里，好好地睡着了，突然就起来说：‘爸爸他死了。’——她的母亲真奈也有类似的能力，我认为这是遗传啊。”说完这些，老人站了起来。

他到底想说什么呢？浅见心中留下了悬念。

吃过晚餐，山里人家都早早休息了。八点刚过，给客人准备的床已经铺好了。

看上去并不宽敞的家里，估计是给客人准备的四帖半[1]的干净客房，现在让浅见住下了。虽然浅见也躺了下来，可经常在夜间写作的都市人却怎么也睡不着。虽然已经习惯了旅行时发生各种各样无法想象的事，可像这次的经验却还是头一遭。看来，吉野说的罗曼史似乎也不是完全的虚构。浅见有一种预感，对自己来说，稻田佐和将会是一种特别的存在。随着时间的推移，这种预感越来越强烈。

相差了十四岁的女孩啊——浅见自己鄙视起自己来。然而，这样的想法却怎么也无法从他脑海中赶出去。

在黑暗的夜晚里静静躺着，浅见陷入了似乎能听到同一

---

① 四帖半：七点二九平方米。一帖约为一点六二平方米。

个屋檐下女孩呼吸的幻觉中。

辗转反侧中，浅见睡了过去。他有梦，却全然不知梦的是什么。

第二天早晨，在吃早餐的时候，佐和问浅见："有没有兴趣去爬山啊？来回大概要三个小时。能看到大海。"

"很不错啊。能带我去吗？"

"好啊。"佐和高兴地点点头。"可以吗？"她在确认祖父的意思。

广信老人忧郁地默默点头，同意了。

通往山巅的道路，只在最后部分有九十九弯陡坡。总体来说，那差不多算是可以平稳步行的山道。左右是长着低矮灌木丛的平原。不过，稍加注意的话，可以看见平原中已经腐朽的粗大树根。

"这座山，以前是丝柏森林。"佐和向浅见解说道。

"穿过那个森林，翻越山巅，逃到藤之川的是我们的祖先。因此，为了防止这个山道被湮没，村里人每个月都会来爬几次山。"

大约一个小时后，他们站在了山巅。柔和的南风从反方向的山谷吹了上来。

"那边，远处突出的半岛前端，就是足折岬。"

顺着佐和手指的方向看去，远方，可以看到微微有些弧度的球形水平线。

"那边可以看到的城市是中村。"佐和的声音像是在唱歌。

眼前是令人屏息的壮大全景：染着南海特有的翡翠绿的

太平洋，以及波动不已的南四国海岸线，几重连接的山褶，看似独立却又紧邻的人家，然后是散漫放纵的明亮的四月天空。

“好美啊……”浅见终于能说话了。他在自己掌握的所有辞藻中找寻翻遍，再也没有见到比这更合适贴切的了。

“太好了！”佐和看着微微出汗的浅见的脸，高兴地说道。

回过头来看，小小盆地中的村落似乎已被世间遗忘，只是静静地在那里自生自灭。

“确实是世外桃源啊！”浅见叹息着。“八百年前，你的祖先翻越这个山巅，开拓那里的村落。这个时候，我对此算是有了真实的感觉。而他们的子孙是你，又是很严肃的事实了。”

历史不仅仅是时间的产物，还作为活生生的人们的血统族谱，正确地连接着过去与现在。浅见像是事到如今才知道似的。

浅见坐上了中午开出的巴士，踏上了归途。佐和将浅见送到了巴士站，并递上了装着香菇的土产筐。

巴士站前的店里贴着时刻表，无意中看了一下，浅见却在咕哝着。上行巴士的末班车是晚上七点，比昨天佐和所说的要晚一个小时以上。

浅见突然想起了当时广信老人复杂的表情。佐和为什么要说谎？在浅见不忍偏移的视线前方，佐和耸了耸肩，调皮地笑了。这个瞬间，浅见有一种不想就这么回去的冲动。

“如果能再见就好了。”

“肯定能再见的。”佐和干脆地断言道。

有相当的自信啊。从她的脸上，浅见根本看不出舍不得分别的神情。

高傲的蝴蝶

1

多歧川萌子所住的优美南青山公寓面对青山大道。它在青山学院前折转，然后通向高树町方向，俗称“古董大道”。公寓外墙贴着砖瓦风格的花砖，是十二层高的漂亮公寓。古董大道如它的名称所示，是古董店非常集中的街道。公寓斜对面是拥有美术馆的根津公园。满眼深绿的根津公园美化了周围环境，使居者乐在其中。这里不愧为市中心的良苑。

萌子在这座公寓刚落成不久，也就是一年前，买下了三楼的两室一厅。价格为四千八百万日元。两室一厅的房子虽说不是非常宽敞，然而，一个人居住，又是市中心公寓，就算得上奢侈的了。萌子是全额现金付款。那是保险公司全额支付保险赔偿金四个月后的事。

关于这些，浅见一件一件顺次调查。然而，作为事件关键的当事人多岐川萌子，浅见三次拜访，三次都没有见到。有一次，一直候在公寓大门前的浅见，见到了像是萌子的女子走了出来。浅见叫道："多岐川小姐！"女子回头看了一下，旋即转身，坐上了等在门口的出租车，扬长而去。当时正是傍晚时分，又知道萌子的职业是陪酒小姐，所以，浅见推测那位女子是多岐川萌子的可能性很大。不过，拿到大笔金钱后，是否还会一直继续从事陪酒小姐的工作？或许，她在经营自己的店也说不定。

浅见暂时放弃与萌子见面，而是去以前萌子和稻田教由一起居住的南品川公寓察看。走出京浜东北线的车站，他向海岸方向走了约三百米。与南青山的公寓相较，这里是贫困的住宅区。估计是战后不久建造的木结构的两层公寓，二楼的第一个房间是稻田夫妇的家。去年四月，萌子搬走后，房子一直空着。公寓越建越多，居住状况改善不小的现今，这样的旧公寓已经很少有人租住了。加上前住户意外死亡，恐怕更要无人问津了。房东是一位老婆婆，为此不住地哀叹。

"以前，这里离羽田又近，又可以大量采摘海苔。啊，那个时候可是非常热闹的。"

老婆婆为浅见上了茶，用旧城区的语言闲聊着。最近，这样的说话对象也不容易找到了。浅见很有耐心地倾听她的满腹牢骚，暗中挖掘有关稻田夫妇的信息。

“那对夫妻，可是很奇怪的人。”老婆婆带着不满的神情说，“四年前，那个男的一人搬来这里。不久后，女的也搬来一起住了。白天，那个男的不知去哪里游手好闲，女的晚上却要去上班。怎么说呢，他们夫妇就好像这个在那个不在、一天都难得见上一次面。我还以为他们只是同居而已，后来才听说是正式登记结婚的。但是，夫妇之间似乎并不融洽。不过，比起那些一吵架就毁坏物品的夫妇而言，要好很多吧。后来，不就出了那样的事吗？之前，我就在担心，会不会出什么事。”

“稻田教由先生是怎样的一个人？”

“怎样一个人？你问我，我也是完全不明白。无论怎样，他只是最初来打了一次招呼而已。之后，虽然也见过几次。他总是胡子拉碴，没什么表情。你给他打招呼，他能点个头回应已经算好的了。不过，那个女的倒是很亲切，当然也只是说些客套话而已。要说是怎样的人，实在是没有办法说明啊。”

“您知道，稻田先生搬来这里之前住在哪里吗？”

“对哦对哦，就是这个。保险公司的调查员来调查时，也问了同样的问题。我是不知道啦，所以就和他说去区役所一查就知道了。但是，他说在区役所也没有查到。好像说是住所不定吧。”

保险公司的三田村博调查员完全没有提起此事。或许，确实不是什么重要的事。可是不知为何，浅见对此事有些执著。没有职业、住所不定——女人会被这样的男子吸引？如此，只能说女人的心很难理解了。但是，就浅见在南青山见到的那位叫多岐川萌子来看，并不是会冲动地和这种男子结婚的人。不，不仅多岐川萌子，对大部分女子来说，像稻田教由这种类型的男子是大家都要敬而远之的。稻田教由和多岐川萌子到底是如何认识的呢？又是在怎样的基础上同意结婚的呢？浅见强烈的好奇心被勾起来了。

之后，浅见又看了稻田夫妇住过的房间。登上脚步声回响很厉害的铁楼梯，他走进并排三扇房门中最近的那一扇。这是典型的一居室公寓。浅见进到房间后，到处看了看。房子整体有些摇晃。推开里面房间的窗子，隔着几户人家，近处就是很宽的产业大道。每当大型货物拖车开过，都能感到房子在震动，噪音也非常大。

突然间，浅见想起了藤之川的静寂和南青山的漂亮公寓。

对稻田的情况目前不甚清楚，所以无法判断。但在银座当陪酒小姐的萌子，却能忍受在这样的地方居住，浅见觉得不可思议。如果说她不够有钱的话，每月却能支付超过十万日元以上的保险费。既然有条件，为何不住得更好些呢……

或许——浅见像是想到了什么。不过，稻田夫妇为了支付高额保险费，才要节约居住费用也说不定……

不，与其说是夫妇，还不如说是萌子一个人的意思也说不定。为什么如此说，那是因为稻田根本没有收入。

原来如此，是这个原因啊——

对稻田夫妇将婚房选在如此简陋的地方，浅见终于弄明白了。

“谢谢您。太有参考价值了！”浅见微笑着对老婆婆低头道谢。

老婆婆一边锁上房门，一边对浅见说："如果有人要租房子，租金可以优惠哦。"

在区役所调查稻田夫妇搬入前的地址时，稻田教由的地址是高知县幡多郡西土佐村藤之川。从书面材料来看，教由一直住在藤之川。然而，实际上并非如此。二十年间，教由一直是居无定所地生活着。在法制国家的日本，还有人如此生活，令浅见感到非常惊讶。

而萌子则是从涉谷区樱丘町转入的。结婚的同时，她在品川区南品川公寓的住所登记了新的户籍。然后，在丈夫教由死后，搬至港区南青山的住所，同时将户籍移至新住所，也恢复了结婚前多歧川的旧姓。这完全是从地狱一跃而升至天国的典型事例。

然而，浅见依然无法与萌子联系上，也终于理解了特地从远方来见萌子的佐和不得不放弃初衷、空手而回的失望而无奈的心情。确实，萌子正在切断自己与过去的所有联系。因为丈夫意外"不祥"事故而不愿回忆往事的心情也不是不能理解。谁都会有想要抹去这段不幸记忆的想法。但就算是这样，不将丈夫的死亡通知亲属，也没有任何做法事的痕迹，就让人无法理解了。纵使萌子觉得那些陋习很麻烦，她的双亲及兄弟也不会提醒她吗？

浅见考虑至此，突然涌起了既然见不到萌子，就先见见她的亲人的想法。不过，浅见又遇上了新的不解。

萌子结婚前的住所是涉谷区樱丘町，并不是萌子出生时的原籍地。多岐川萌子是将静冈县岛田市的原籍地移至涉谷区樱丘町后再结婚的。而且，这还是发生在结婚前半个月的事。

“为什么要做如此迁移呢……”

区役所的户籍处工作人员对此也是百思不得其解，觉得不可思议，浅见更是觉得不可理喻。第二天，浅见不管三七二十一，便前往岛田市去了。

下了东名高速公路的吉田出口，再向西北十公里，穿过长长的大井川桥后就是岛田市了。岛田市以江户时代从东京至京都的驿道——东海道途中五十三个驿宿中的岛田宿而为世人熟悉。东海道是以岛田站为中心，略偏北侧向都邑展开。国道一号线从东西贯穿市区北边的一角，而多岐川萌子的原籍地稻荷町则在国道北侧。

街道后面就是被浓绿植物覆盖的丘陵，住户并不密集。只是略微远离喧闹的国道，倒也不失为生活方便的好住所。

多岐川家的院子里，种着橘树、桃树等果树来代替庭院树木，是一个温馨亲切的世家。但仔细看去，屋檐、基柱的损耗很厉害，可以看出生活并不富裕的样子。

一个六十岁左右的女士出来应对。浅见自我介绍说是稻田教由的朋友。

女士的脸上露出了困惑的神色。“我是承蒙稻田太太照顾的人。稻田先生出了那样的事后，我想向稻田太太道谢，可她已经搬家了。所以，我想她或许回老家来了也说不定。刚好今天路过附近，就顺便来拜访。”

“萌子不在这里啊。”

“啊，是这样啊？那个，请问您是萌子太太的母亲吗？”

“是的。”

“那么，萌子太太现在住在哪里呢？”

“住在东京。”

“哦，是吗？我还以为她回老家了呢。不过，她常常回家来看看吧？”

“哦不，她很少回家的。”

充满苦涩的口吻，让浅见情不自禁地朝萌子母亲的脸上看了过去。

“说实话，我们朋友都很好奇，为什么稻田教由能娶到萌子太太这样的美丽女性。您有没有听说他们两人是怎么从认识到结婚的吗？”

“啊，我根本不知道。而且，我没有见过那个叫稻田的人。”

“什么？”并非演戏，浅见是真的大吃一惊。

“这是怎么回事？您没有参加他们的婚礼吗？”

“什么婚礼啊？我跟你说，就是萌子结婚这件事，我们也是后来才知道的。萌子什么都没有和我们说。萌子的妹妹使用户口本时，我们才知道萌子已经把自己的户口迁走了。理由栏里也没有‘自由婚姻’的记录，我们也不知道她到底要干什么。其实那时，她早就结婚了。我们也是后来才从东京来的保险公司调查员嘴里知道这件事的。”

“那么，就是说，您也是在稻田先生去世后才知道的了？”

“是的，是这样的。”

“也就是说，萌子太太是瞒着家人结婚的?”

“是这样的。”

“这就不对了。怎么可以做如此不孝的事呢?”浅见最大限度地表示了义愤。

“像萌子太太这样的才女，为什么会做这样的事呢?”

“是啊，我们也不明白。是做了那样的工作后，老被男人骗。啊，不是说你朋友的坏话。”

“没关系，或许正如您所说。我们朋友中，对萌子太太为什么会嫁给稻田那样没大志的人感到无法理解的也不是少数。果然，还是萌子太太有做事果断的素质啊。”

“或许就是这样的吧。萌子小时候的个性就有些顽固。当然，她学习很好，有不服输的性格。她好以自我为中心，心中有了主意后难得接受其他意见。家里供她上了大学，她却根本不回岛田来。干吗一定要去当什么陪酒小姐啊。我们实在无法理解，又是失望又是生气啊!”萌子的母亲渐渐激动起来，泪水涌上了眼眶。

浅见也趁着这机会向萌子的母亲道谢，然后离开了多岐川家。浅见驾车来到大路上时，看到一家名为“辇台”的茶室。辇台是以前在大井摆渡时，由摆渡人运营的一种交通工具。浅见觉得很新奇，将车停在加油站后，走进了店里。

与店名相符，店里放了不少宿驿时代的遗物做装饰，尽显风雅。可是不知为何，店里还张贴了不少女明星K的照片和海报。

为此，浅见好奇地向店员询问过。原来，店长是女明星K的叔父。

喝完咖啡后，浅见向店长打听多岐川萌子的事。

“啊，是多岐川家的大女儿吧。我认识啊，她和佳代上学是同一年级。”店长随口说出了女明星K的名字。

“高中的时候，她们两个都参加了戏剧部。多岐川家的女儿，不好意思，应该是没有什么演戏的才能吧。佳代成功后，她好像相当消沉，根本不回岛田来了。”店长看似一个很阳光的人，说出的话却辛辣无比。

小地方的人嘴上都没有门，又人多嘴杂。多岐川萌子不愿回家的心情，浅见是非常能够理解的。

不知为什么，浅见对被世间众口一词都说不好的人，会无条件地抱有同情心。虽然浅见也知道，诽谤者一定有他的理由，却还是忍不住想要为“被害者”进行辩护。尤其是诽谤者居于强势地位或是权贵，而被诽谤者处于劣势的时候，他的这种倾向会来得更为强烈。

他的这种“善良”对追究真相的人来说，是没有用处的，有的时候甚至还是导致失误的弱点。然而，这又确实是浅见的禀性之一。

2

结果，却没有任何犯罪事实——这样的想法在浅见心中缓慢而又坚定地抬起了头。再继续追查这个事件，已经想不出还有什么意义。

当山的死——浅见相信，犯罪最可能实行的就是这一部分。他对警察很快做出自杀判断很是不满。即便如此，要推翻这一结论的证据却也没有得到。

卷入“事件”至今，已经二十多天过去了。即使是浅见，也感觉厌倦了。现在动辄便想退出的浅见，支撑他的是稻田佐和目送他离开藤之川的记忆。为了佐和，能做的他要尽量去做。

四月二十日，浅见走访了萌子工作过的银座——三丁目一家叫“沙露”的店。办公楼地下一层很普通的俱乐部里，因有钢琴独奏，顿时显得高档起来。

浅见在吧台前占了个座。吧台内有两位酒保，正忙着处理陪酒女郎与男侍应生叫的酒。

浅见要了杯兑水的苏格兰威士忌。因为客人不少，等有女孩转到浅见这里时，很长时间过去了。

“这里有一个叫‘多岐川萌子’的女子吧？”见酒保终于腾空了手出来后，浅见马上问道。

“萌子？啊，你是说真弓啊。真弓很久以前就辞职了。”

“这样啊。”

“这位客人，您是真弓的客人吗？”

“嗯，偶尔来啦。我还欠她的人情，所以有些在意。”

“啊，如果是这样的话，就不用介意了。真弓有了大笔的进账，好像自己开店了。”

“呵，是嘛，人不可貌相啊！她不是还很年轻吗？找到后台了？”

“不是。她先生去世了，好像拿了几亿的保险赔偿金。”

“几亿……”事实被夸大了，浅见觉得有些奇怪。

“这可真是好！这样说的话，她似乎不够意思啊。”

“不会。我们，大家都这么说的。你看，结婚只有两年，先生就死了啊。也有姑娘说，如果两年就能赚几亿的话，我也想结婚。反正，没有一个人说节哀之类的话。”

“那可太过分了！要安安心心娶个媳妇也不行了啊。入了保险后被杀死的话，我可不甘心。”

浅见笑了起来。可酒保认真地说：“确实有这样的流言哦。”

“她先生是从船上坠海而死的。有人说，会不会是被谁推下去的……”酒保的眼珠闪动了一下，恢复了原来的表情。

“妈妈桑来了，就当刚才什么也没说哦！”酒保脸上又挂上了生意人的微笑，擦酒杯的动作快了起来。

“欢迎光临！您是——第一次来？”

比类似“妈妈桑”的语感年轻得多的美女，坐在浅见身旁的旋转椅上。

“哦，很久以前来过一两次。因此，与第一次也差不多吧。”

“好像是真弓的客人。”酒保在一旁补充道。

“啊啦，是这样的。真弓已经离开这里了啊。”

“是哦。不过，也没有那么亲密啊。说实话，她并不是我喜欢的类型，无所谓啦。”

“那就好。说实话，店里对真弓的评价并不太好。不是我要说离职者的坏话，她几乎不与店里其他女孩交往，只管自己好坏。”

大概也是忍耐了相当久了，妈妈桑严厉批评后说：“啊呀，对不起！说了那么多废话！”说着，就从包里拿出了名片。小小的女式名片上印着“田中惠美”的名字。

“好像真弓也开始开店了？”

“是的。还给我们店的所有客人发了邀请信。真受不了！可是，真弓性格就是那样。所以，大家都说我不要去那边。您也不要见异思迁呀。”

“可以给个名片吗？”妈妈桑歪着小脑袋说道。她的确很会做生意。那种发自秉性的天真，不会让人感觉讨厌。

“我可是不带名片主义者。我叫浅见，浅浅地看见。”

“啊呀，真的？可是，我感觉您的眼睛很有穿透力，什么也瞒不住您啊。”虽说是应酬话，但说到了让人心跳的点子上。

“啊哈哈，果然还是被看成这样的了。说实话，我是刑警。”

“哎，刑警？胡说，你不会是刑警。但是，会不会是报社记者啦，或者是现在流行的自由撰稿人。”

“不远不近。反正，绝对不会被看成大公司的精英职员。”

“不是。因为，那边没有如此酷的人存在啊。”惠美很快环视了一下背后，好像来了不太重要的客人。

“那个，真弓的结婚对象，那个可怜的人，也是店里的客人吗？”

“这个呀，不太清楚。就是结婚这件事，也是不知不觉中知道的。就像我，也是店里那些在保险公司工作的客人劝她给丈夫上的保险，这才第一次知道。然后，她丈夫死了之后，保险公司的调查员来店里问东问西。当想要知道她丈夫长的什么样时，却说没有留下过照片。所以，也不知道是不是店里的客人。”

“听到名字的话，也不知道吗？”

“啊，叫稻田什么来着。好像没有叫这个名字的客人。”

“据说，是那种不起眼的男人。原来真弓的口味，是那样的啊。”

“是啊。听保险公司的客人说，好像他的梦想是当小说家，基本不外出工作。当然，也没有什么钱，住在很小的公寓里。真弓也真是，怎么选了这么一个怪僻的结婚对象。说实话，真弓可是个有心机的人，一心想着要独立开店，所以是精打细算的守财型女子。我刚知道时都惊呆了——知人知面不知心啊。大家也都这么说。”

“像这样不赚钱的老公，一个劲儿地给他上保险——那些保险公司不会觉得奇怪吗？”

“好像并无要紧。劝诱方不会想这么多吧。因为这，真弓可赚了不少了。据说，她分别在四家保险公司投了保。这一点也干得很漂亮，是不是？”

“说是干得很漂亮，可怎么像是事前计划好似的。”

“啊呀，讨厌！我不是这个意思……”惠美慌忙否认，像是无意中泄露了真实想法了。

浅见以无所谓、随便怎样都行的语气，打探出了萌子新店的地址。虽然惠美看上去有点儿担心的样子，也还是将银座七丁目后街店名叫“女优”的告诉了他。

浅见想，“女优”可是一个与众不同名字。萌子高中时代的竞争对手成了女演员后，萌子的愿望就全寄托在这店名上了，肯定是这样。由此，浅见觉得，自己似乎窥探到了萌子这个女人性格的一部分。

“真弓的客人，有跟到新店去的吧?”

“这个嘛，我想肯定有的。大家到我店里来时，就像刚才说的，都挑好话说。说实话，真实情形如何可就不知道了。这也是没有办法的事。”

“如有知道名字的客人，还望能告诉我。”

“请问，打听这些东西，有什么用啊？不会吧，您不会真的是刑警吧?”

“嗯，我虽然不是刑警，其实，也就在这里说说，却在调查有关真弓的一些事实。”

“那么，果然是那个保险赔偿金的事?”惠美的眼中闪闪发亮。看来，她对萌子是相当地不满。

“没关系啊，就告诉你吧。可是，并不是很多的。K人寿的大和先生、B建设的阿部先生、S商社的川岛先生……”扳着手指述说着的惠美，突然露出胸口受到冲击一样的表情。“对了对了，说起真弓的客人，还有一人，死得很奇怪。好像是叫当山……的。”

“当山?”浅见感到了一种心脏被紧紧地揪住了的冲击。

“是啊，叫当山的。虽然只是很短一个时期，却好像经常看见，对真弓还相当热情。真弓一结婚，就突然消失了。那个人，我想，好像是上个月的中旬，在高田马场的公寓坠楼死亡了。报上登载的好像是自杀什么的。真让人吃惊啊！

那个，怎么啦?”

“没什么……”浅见急忙喝了口剩下的兑水威士忌，却不小心被呛到了。

3

找到当山林太郎和多岐川萌子的连接点了——这个事实让浅见至今停滞的好奇心和调查欲望又重新燃烧起来了。所有的脑细胞都开始运转了：怎么回事？为何如此？这也太奇怪了？

稻田教由、萌子、当山三人同时乘坐“海花号”，看上去似乎纯属偶然，可深究的话，却会发现有着强烈的刻意与人为的痕迹。

前年五月一日之夜，“海花号”上的三人究竟发生了什么？

首先，假设犯罪已经发生了。浅见断定，这个事件是以多岐川萌子为轴心进行的有关保险金诈骗和由此引发的杀人事件。

按常识来看，整个事件是，当山和萌子共谋，牺牲稻田教由，诈取保险赔偿金。这是谁都想得到的点子，现实也是最有可能发生的情节。

然而，上述证据链还有几个问题需要确认。第一，当山杀死两小无猜的教由——这样冷酷的事他是否干得出来？第二，纵使为了金钱，萌子与计划中必死的对象结婚，若无其事地过着夫妻生活，实在与人性相违。对此，浅见有些抵触。第三，这是最大的难点。“海花号”上的犯罪是怎样施行的？堀之内航海士几乎在听到悲鸣声的同一时刻冲到甲板上，但甲板上没有人影。应该说，嫌疑人毫无逃离时间。还有，在此之前，就算他喝醉了，被“犯人”袭击，也很难想象教由会不抵抗，轻易就被扔进海里去了。唯一能想到的可能性是，嫌疑人给教由服用了 LSD 一类的药物，使他产生幻觉而跳入海里。但是，据堀之内所说，从教由的样子来看，无法想象他有服用 LSD 等产生幻觉的症状。

不管怎样，当山为什么会在那智胜浦下船——浅见突然对这个问题格外注意起来了。那么，就从这里开始！几乎是一瞬之间，浅见的脑海中发生了哥白尼式构想的大转换——稻田教由，或许根本没有死！

如果当山和萌子没有杀死稻田教由，刚才提到的那些问题就全部迎刃而解了。那么，当山不得不在那智胜浦下船的必然性也就可以理解了。当山有必要以最快的速度，让“死了”的稻田教由的肉体从船上消失。教由藏在当山轿车的行李厢里的可能性，可以充分想象。

唯一的问题是，到底是谁坠海了？

去过沙露后的第三天下午，浅见开着他的爱车赶到了晴海码头。这天，预定下午两点四十分靠岸的“海花号”是堀之内当班。

等旅客全都下船后，浅见立刻跑进舱内。那里，人们正在为下次出航，忙碌地进行着检点及清扫作业。

在前厅稍稍等了一会儿，穿着制服的堀之内与现在成了他的妻兄的樋口甲板手一起走过来了。简单地打了个招呼后，他们便进入了正题。

“我想演示一下上次的落海事故。”浅见的话，让堀之内吃了一惊。

“演示？这又是怎么回事？”

“这个等会儿再解释。不管怎样，先去出事现场！”

浅见就像在拖着堀之内和樋口似的，走在了前头。在之前的航海中，浅见已经对船内的“地理”相当熟悉了。来到坠海事故现场的3F右舷甲板，浅见以命令的口吻说道：“堀之内和樋口，各自站到当时听到惨叫声的位置上。听到我的惨叫声后，请用当时的速度来‘救’我！没问题吧？”

“这倒没有问题！可是，你不会是真的打算要跳下去的吧？”

“有人会在坠海之前这样问吗？”浅见笑了，“不管怎样，按我说的去做！”

堀之内和樋口一边摇着头，一边从甲板走到了舱内的“指定位置”。堀之内背对着通向甲板的舱门站着，樋口则站在了另一个舱门几步远的地方。这两人总觉得自己好像在演滑稽戏似的，不由得相视苦笑了一下。

突然，近处传来了浅见的惨叫声。惨叫声从堀之内的背后传来，显示了坠落的角度、方向、距离。

“不可能！”堀之内大叫着，用肩膀撞开门，整个身子好像要倒地似的冲了出来。

浅见的身影不见了。和那一夜的情况完全相同。不一样的只是，没有波浪的拍打声和发动机的轰鸣声。而且，惨叫之后，有一声很轻的入水声。入水声响起的同时，惨叫声戛然而止。

堀之内和樋口先后在船舷一侧露出了脸，窥视着海面。

“出什么事了吗?”

背部被人拍到的堀之内转过身来，眼前是浅见光彦恶作剧的笑脸。

“啊，啊，你，为什么?”这才是惨叫的声音，却是从堀之内的口中发出。樋口也“啊”的叫了起来，张着嘴直发呆，像是被幽灵惊了魂了。

“如此简单的戏法，没想到会有这么理想的效果。”浅见开心地笑了。

“混蛋!”堀之内真的生气了。“这样吓唬人！怎么做到的，快说!”

“不要生气啦。马上说明。怎么样，那一晚的坠海事故是不是也是这样的?”

“嗯，一模一样。怎么样?”堀之内转向了樋口。

“一模一样。”樋口也点了点头。

“戏法的秘密就在这儿。”

浅见从口袋里拿出微型录音机，按下了按钮，抛向空中。微型磁带录音机从抛物线顶端开始落下时，突然发出了惨叫声。

“我在那儿，从楼梯入口处向船舷外侧扔了个比这个磁带录音机的精度还要高的家伙，二万八千日元就这样扔进海里了。那晚，稻田教由与堀之内聊过两句后，看着堀之内在舱门里消失，就奔向楼梯口，肯定做了我们现在演示的举动。事故发生的当晚还有波浪声，比如今演示的更不容易露出破绽。然后，肇事者在预定的轿车行李厢内藏起来，并随车在那智胜浦下了船。这样一来，乘客名单中就会少一个人。”

“那么，哎，那个客人不会是真的死了吧？”堀之内的声音有些颤抖。

“别开玩笑了！如果这是事实，那可不得了啊！那个客人的死亡已经认定了。对了，好像保险赔偿金也支付了，不是吗？”

“是啊，那就是重大犯罪了。但是，不知幸运还是不幸，目前，尚无证据可以证明曾发生过这样的犯罪。刚才做的实验，只是证明有这种可能性存在。”

“噢——”堀之内发出了无可奈何的叹息声。

“浅见，你可真能假设如此重大的犯罪呀。如果这是真的，我们便都成了犯罪的帮凶了。”

“从魔术师的角度来看，你是再好不过的优质观众了。”

浅见带着复杂的心情不怀好意地笑了。预想的一切得以确认，让他感到很是满足。然而，不可否认，新的疑问也在这时产生了。这就是，“坠海者”稻田教由潜伏在何处？好不容易得到一大笔钱，却只能在地下潜伏，不敢明目张胆享用，说来也是不划算。出演了最重要的角色，实际上，却是最不划算的角色，简直就像一个小丑。虽说“戏法”的成功使得一种假说得以成立，但还不到可以放手高兴的情形。

正式寻找稻田教由行踪的话，光凭浅见个人的力量，怎么也是没办法的。看来，他只好把这事交给警察当局了。这样做的话，必须要有足够的证据，证明教由并未死去。光靠完美的推论，警察是不会行动的。

对稻田教由的追究，在有明确的证据前，只能他亲自去实施了。浅见在心里如此打算。

然而，浅见难免不去想，他的调查有可能招致悲剧发生。浅见忘记了教由是佐和叔叔的事实。如果教由是“受害者”的话，他的亲属，便是人们同情的对象。可如果变成保险金诈骗者，那位老人和姑娘的立场就很糟糕了。一般情形下，正义与残酷在微妙的地方有着表里一体的关系。

他是否可以忍心看到那个女孩痛苦？一想到这个，浅见就失去了继续战斗的动力。但是，在感伤之前，首先要确认自己的推理是否正确。浅见对稻田教由的生存和死亡，分别祈祷了一次。

第二天，浅见往多歧川萌子家中打了电话。下午两点过后，花了大约五十分钟拨号，可每次都被忙音击退。看来是在煲电话粥了。像是三点钟的时候，电话通了。这次浅见却听到了长时间的呼叫。终于，电话接通了。话筒中立刻传来了叫骂声：“你烦不烦啊，善。”

浅见急忙开了口说道：“喂，喂，请问是多歧川女士的家吗?”

“啊啦，对不起。是的，我是多歧川。”

浅见突然直截了当地切入了主题：“关于稻田教由先生的事，想向您请教一下。”

萌子沉默了好大一会儿，然后问道："你是哪位?"

"我叫浅见。"

"你是不是之前一直要来这里拜访的那个人?"

"不，不是。"浅见撒了谎。

"关于稻田，你想说什么?"

"关于稻田先生还活着的事。"

"活着……"过了一会儿，萌子呵呵呵地笑了。"怎么可能有这么傻的人……"

"有人说看到过稻田先生了。"

"那是谁说的?"

"这可不能告诉你！不过，他是很有信用的人。"

"稻田可是从船上掉到海里去了的。警察也确认他的死亡了啊。"

"然而，事实上，也有稻田先生并未坠海的说法。坠海的不过是磁带录音机……"

"什么……"

"也就是说，稻田先生假装已经死了。"浅见在等待。他能想象此刻电话那一头女人思索的神情。

"你是什么目的?"萌子突然改变了态度。

"只不过是想见面谈谈而已。"

"谈谈的话，电话里就可以。"

"不过，这种事最好不要让人听到比较好……"浅见一边说着，一边感到自己变成了一个恐吓者。

"我知道了。那么，明天下午两点来吧。"说完，萌子单方面挂断了电话。浅见有些意外，没料到她会这样干脆地答应见面。

会不会是陷阱？浅见不由想道。

有这个可能性。不过，她不会在那个公寓杀我吧！浅见很是乐观的心情。就算有这种危险，一般会发生在第二次约见时。目前，萌子应该还没有考虑好要造陷阱。浅见做好了随机应变的准备。

第二天，按约定的时间下午两点整，浅见按响了门铃，萌子立刻开了门。

“果然是你。”萌子没有表情地说。

浅见也想，果然是她！就是那天在公寓出入口看到的女人。她的实际年龄应是三十岁左右，可看上去却有三十五岁上下了，显得很稳重。或许是因为穿着白衬衣、蓝色紧身裙的原因，看上去像女教师。这个女人所拥有的强硬，直接显现出来会更合适。浅见这样想着。虽说萌子长得很漂亮，却没有一丝可爱的感觉。当然，算上她对浅见的敌意，这个女人的性格原本就是高傲的吧。

二室一厅套房的起居室，是大约十帖面积的洋式房间，放着与女人房间不相称的一套皮质沙发。

“请。”萌子冷淡地让出了椅子。

“我是浅见。”浅见自我介绍后坐了下来。他细心观察过了，倒也没有察觉到什么陷阱。

“那么，到底是怎么回事？”

萌子向后靠着长椅子的背坐着，采取了从上往下看人的姿势。是虚张声势，还是自信，浅见自己都无法判断了。

“正如电话中所说，我想就稻田教由先生还活着这件事，跟你谈谈。”

“你说稻田还活着？在哪里？”

“这一点，你不是最清楚吗？”

“你这人说话怎么这么奇怪，我怎么会知道。我到现在还没有找到他的遗体呢。”

“既然没有死，当然不会有遗体了。”

“你是这样说，可死亡已经认定了啊。”

“确实如此。而且，保险赔偿金也支付了。”

萌子突然笑了。“果然如此。你是想让我拿出一部分保险赔偿金吗？”

“你有不得不拿出保险赔偿金的问题吗？”

“当然不会有了。但是，我这人很怕麻烦。如果钱可以解决问题的话，我也会考虑。你也花了不少车费了吧？”

“你的好意我心领了。不过，我可不是为了如此卑微的目的来的。”

“是吗？既然你不喜欢，那我也没有办法了。”萌子突然站了起来，打开了隔壁房间的门。两位眼神锐利的男人出现了。一位是三十二三岁，还有一位是二十五六岁左右吧。两人都是运动服加西服的装束，看着腕关节就很强壮的样子。那个年轻的好像是要截断浅见退路似的，转到了玄关门的方向。

“我就想过会是这样的。”浅见故意平静地说，“我既然要入虎穴，自然也会做好各种准备。如果我三十分钟没有从这里出去的话，警察也会突击这里。”

“警察？”年长的男人发出了吃惊的声音。其他两人相互看了看。

“你虚张声势是没用的。”

“没有虚张声势啊。”

“那么你说，是哪里的警察？”

“当然是管辖地的麻布署了。”

“麻布署……”

突然，男人哄笑起来。年轻的那个和萌子都笑了出来。至此，浅见还是无法理解目前的事态。

年长的男人，带着残留的笑容走近浅见一步，将手伸进西装里兜。然后，他将黑色皮质的笔记本伸到不自觉地采取防守姿势的浅见眼前。

“我是麻布署的西本。是调查部部长。你和哪里的麻布署有关系啊？”

浅见将双手放在头顶，闭上了盯着天花板的眼睛。

4

虽然没有用手铐，两位刑警将浅见视作“恐吓者”带走了。浅见被押入乳白色轿车，左右手腕都被抓住的时候实在是不常见。浅见自嘲道。

萌子居然会让警察来等着，实在出乎浅见的预料。能让警察介入，也就是说，萌子有绝对的自信。浅见不得不承认，自己犯了一个原则性的重大错误。那就是说，稻田教由的死是不可动摇的事实。如果不是这样，就无法说明萌子对浅见的追究为何没有一丝不安，还很强势。

但是，如果稻田教由的死是事实的话，浅见描画的“保险金诈骗事件”的梗概就有了致命的缺陷。

我，失败了——

坐在狭小的车里，鼻子闻着刑警的汗臭味，浅见完全陷入了绝望之中。

进了麻布署，被单独扔在审讯室三十分钟后才开始审问。问完姓名、籍贯、现住所、出生年月日这样的常规性问题后，年轻刑警拿着笔记，走出了审讯室。与警事厅的电脑系统对照，查询他是否有前科。

“职业？”

“类似自由撰稿人。”他将另一身份“私人侦探”隐瞒不说。浅见想，这样就不会让事情变得更加复杂了。

“根据申诉人多歧川萌子女士所说，你之前就开始执拗地纠缠她。”

看似与浅见差不多年纪的西本警官却有着老人的声音。这也是刑警共通的独特“审讯语调”。在不能被嫌疑人轻视的意识下，在警察的职业历史中不断积累、不断传承中，它作为搜查技术之一在警察心中根深蒂固了。

“我没有纠缠她啊。”

“没有？多歧川可是说，她被你恐吓了。”

“哪里的话，我没有恐吓啊。这一点，刑警先生你不是也清楚了吗？”

“是吗？可根据不同的看法，也可以认为是恐吓啊。我和宫井君统一口径，说你这是恐吓行为的话，那可是可以送检的哦。”

“不会吧。如果这样的话，我反过来可以控告你诬告罪。”

“别再狂妄了！”西本警官怒吼一声。怒吼也是一种技术，需要领会。果然，下一个瞬间，西本的脸上出现了笑容。“或许你没有此意，可你让申诉人感觉到了恐吓。所以，还是有让人怀疑的地方。”说着，他瞥了一下浅见，好观察他的反应。

“这可糟糕了……”浅见将心中所想说了出来。

“我不过是向她确认事实关系而已。”

“那么，我问你——”警官舔了舔嘴唇。“你说多歧川萌子死去的丈夫其实还活着，有什么证据吗？”

“并没有确切的证据。不过是有这种可能性。我那是为了套她的话而设的陷阱罢了。”

“套出她的话后，你打算干什么？”

“呀，没有决定打算干什么。多歧川这么年轻就是银座的妈妈桑，资金来源是她丈夫投保的保险赔偿金两亿日元。这样一来，就会有各种各样带着妒忌的流言蜚语。有的说是保险金诈骗，她丈夫是被杀的；也有的说，她丈夫还活着什么的……”

“两亿日元啊……”警官大吃一惊。“好大的金额啊！”

“是吧。所以，我想找找看，有什么有趣的材料可以在周刊使用。”

年轻的刑警回来了。西本看了看纸条，没有改变姿势，只是略微往后靠了靠，表情也柔和了些。

“如果是这样的话，就没有犯罪的意思了。不过，还是要留一份记录哦。”

刑警将记录用纸、用黑色的活页本订成的记录本放在桌上。之后，将所定事项列好。

“嗯，根据多歧川的申诉，下午一点四十分左右在同仁家中待命。然后……”

看来，西本警官有这样的习惯，一边嘟哝一边不灵活地用圆珠笔做记录。一边看着的浅见像是受到了电击一样。

“啊，是记录啊……”浅见不知不觉地说了出来，引得西本不快地盯着他看。

“怎么了？”

“没什么……”浅见突然站了起来，椅子也差点儿被他带倒了。“借个电话用用！”

浅见跑出审讯室，抓起办公桌上的电话，拨了户冢署的号码。以为浅见要逃的两位刑警站在他身后，交换了眼神。

“我是桥本……”话筒里传来刑侦部长浑浊的声音。

“我是浅见，好久不见。”

“呀，是你啊。那个事件，你还在追查吗？”

“是的。长话短说，当山林太郎坠落时，有两位女性目击者，是吧？”

“啊，是这样的。怎么了？”

“记得一位是管理员的妻子，另一位是不是叫多歧川萌子？”

“多歧川……好像是这个名字。我查一下。”

“拜托了。”

在桥本调查的时候，浅见感觉时间过得很慢。“多歧川萌子”这个名字他好像在哪里看到过。细一想，原来是在当山事件的记录中。当时，不过是稍加浏览，可能就留在潜意识里了。这会儿这个名字显现在眼前，竟然慢慢清晰且明显起来。

“久等了。果然如此，多歧川萌子。”

桥本难听的声音在耳边响起。

“谢谢。等一下我去拜访你，到时再作说明。”

挂断电话后，浅见轮流握着两位刑警的手连呼：“谢谢。”对方根本莫名其妙。可对浅见来说，他们是让他有了“大发现”的恩人。从这个意义上说，他还得感谢萌子。

一个小时后，浅见来到了户冢署。看了记录，听了桥本部长的说明，在知道多歧川萌子参与事件的同时，浅见确信萌子在当山的“坠落”中也承担着很重要的责任。

桥本刑侦部长也在知道萌子不仅与当山是熟人，萌子的丈夫稻田教由与当山是同乡、同学还是一起离开故乡的朋友后，非常吃惊。他还知道了教由的死有保险金诈骗的嫌疑。因为一次性接受大量的信息，头脑多少有些混乱，同时也有他作为刑警接到第一份任务的兴奋。

“这可有趣了，好久没有遇上推理事件了！最近都是明显的犯罪事件，脑子都要生锈了。”

话是这么说，可桥本从最初就打算依靠浅见的才智和手腕。一般来说，刑侦部长在哪个署里都是身心强壮、看起来有些可怕的男人。除却身材，桥本却是热情开朗、性情温和的人。他自借了浅见的智慧以来，对浅见的才能很是激赏。

在桥本的带领下，浅见立刻去看了事件发生现场的公寓。已近傍晚时分，购物回来的主妇们、上私塾的孩子们来来往往，公寓前的人流量还不少。

“事件发生的时间比现在要更早，刚好是这一带最为闲散的时刻。”桥本辩解似的说。

“多歧川萌子打算去到哪里，才会路过这边的呢?”站在桥上，仰头看着公寓，浅见说道。

当然，这种事是不会写在听证记录上的。当时，萌子不过是个过路的目击者而已，警察也不会想到要深究。

“果然是去拜访当山吗?”

“或许，管理员的妻子知道些什么也说不定。”

“原来如此。”

桥本轻快地跑了过去，将管理员的妻子叫了出来。“这个人可是有名的侦探。请您回答他的任何问题!”

“嗯，事发当时，在桥上和您说话的女士是初次见面的人吗?”

“是的，初次见面的人。”

“是谁先开口说话的?”

“是她。噢，我正准备出门购物，就在这里被她叫住了。”

“她是怎样说的?”

“好像说：‘那个，请问您……’”

“她问了什么?”

“啊啦，问了什么啊……讨厌，年纪大了，很容易忘事。”

“遇上这种事，过于强烈的冲击会让记忆变得模糊起来。这是常有的事。”

“但是……啊，想起来了，好像是要问去高田马场车站的路。我就告诉了她，还问她明白了吗？”

“之后，就看见了当山先生的坠落了吧？”

“是的。因为那位女士说：‘啊，要掉下来了！’我吓了一跳，回头看去，刚好看到有人从我们公寓楼上掉了下来。所谓吓破胆，大概说的就是这种情形吧。”

“那个时候，知道当山先生是从哪一层掉下来的吗？”

“什么……”管理员妻子没有理解浅见的提问，桥本也如此。

“浅见先生，当山是从十二楼掉下的啊。”

“但是，太太并没有看到他从十二楼掉落的瞬间吧？”

“是哦。这样说来，我回头看时，当山先生的身子正在空中往下落，大概在九楼还是八楼左右的位置……”

“那就是说，也有可能是从十一楼或十楼掉下来的了。”

“那时，开着窗的只有当山先生的房间。那个女人也是这么说的。她还说，看到有人身体探出窗子了。”

听证记录上记载着多岐川萌子的这些个证词。而这一切便成了断定当山“自杀”的决定性因素。

“十一楼至九楼，所有房间都有人住了吧？”

“是的，公寓楼并没有全部住满，可角上的房间很有人气，卖得很好。不过，事件发生后，也有人觉得不吉祥搬走了。”

“那是哪一层?”

“十一楼和六楼。事件发生时，这两家的太太都在。听到救护车的警笛时，免不了朝下面看了，由此变得神经衰弱了。”

“十楼和九楼没有人在家吗?”

“有人，太太和孩子们都在家。不过，其他人都没什么太大的反应。而且，也不是想搬走就能搬走的。这里是好不容易才买下的新公寓啊。”

“什么?”浅见问道，“这个公寓才建好没有多久吗?”

“去年五月才好，还没满一年呢。”

“当山先生是一次性现金支付的吧?”

“确实是现金支付的。”桥本说。

“当山基本上没有储蓄、现金这样的财产。这套房子是他最大的遗产。我们还在继续寻找他的遗产继承人。”

看到浅见在思考什么，管理员的妻子问：“这样可以了吗？我还要准备煮饭呢。”

“谢谢您的帮助。估计以后还会有要请您回答的。到时还请多关照!”

管理员的妻子看到高高个子的英俊青年郑重地对自己行礼，很是高兴，也有些害羞。

“果然，当山是用骗取的保险赔偿金买的公寓啊。”

听桥本的口吻，已经肯定浅见的假设了。

“三四千万吧。不管怎样，还算合理的分配额度吧。”

“是啊。”

浅见再次仰头朝公寓看去。在金色阳光的照射下，十二层高的楼房与其说是集合住宅，还不如说是几十个财产集合体。

“重新调查当山的死因，很困难吗?”浅见问道。

“嗯，已经被断定为自杀，遗体也成了灰了。几乎是不可能了。”

“但是，如果旁证和周边物证确凿的话，还有调查再开始的可能吧?”

“那当然是有可能的。我已经准备重新开始调查了。”

“关键在于发现当山是他杀的证据。至今为止，怎么都找不到谋杀手段及方法。”

“刚才，你执著于身体落下的位置是十一楼还是十楼，那有什么意义吗?”

“啊。不过是其中一种可能性。我怀疑，当山有可能是被伪装成从十二楼掉下来的。我只是想确认一下，没什么证据的。只是觉得，当时刚好只有桥上两位目击者，事情也太巧了吧。虽说不是人多的时候，也应该有其他目击者才对啊。如果从其他楼层或屋顶推落的话，作为有意识的谋杀，就有些勉强了。”

“确实是这样。十二楼是当山自己的套房，那里就是犯罪现场了。但是，这样一来，就是密室杀人了。”

“是的。不是我要说警察的坏话，案件发生之后的调查已经确认了密室，是吧?这个结论得要推翻才行……”

“没关系，没关系，不用在意我们。以浅见你的习惯来看现场，或许有什么发现也说不定。不管怎样，看一下吧。”桥本的观察力很强。他很干脆地解除了浅见对警察面子观念的顾虑。

从管理员室借了钥匙，他们乘电梯上到十二楼。从电梯间出来，左右都是走廊。对着走廊的是一排的房间门。当山所住的一二〇一号房间是电梯间过来第三道门。走廊一侧的开口部分是门和铝合金窗。窗上装了防盗铁栅栏。打开门后有不满半帖的玄关。玄关的里面是大约三米的走廊，右侧是厕所和浴室的门，左侧是通往厨房餐厅的门，正面是通往起居室的门。起居室与厨房餐厅呈钥匙状连接的是一个房间。坠楼事件发生的窗户在起居室东北侧的墙上。走进起居室，右边是通往日式房间和洋式房间的门。套房是典型的二室一厅，面积与多歧川萌子的公寓差不多大。起居室和日式房间的东南面装有很大的玻璃拉门，外面是阳台。出入阳台的门有双重锁装置。当然，事件发生当时，门是锁着的。

“看上去果然是密室啊！”将房间大体调查过后，浅见说道。事件发生后，房间没有被清理，除了冰箱里的东西被扔掉以外，没有其他变化。

“当山的钥匙在这里。”桥本拉出起居室柜子的抽屉，给浅见看过。

“这里有两片。事件发生当时，这里只有一片，另一片在那边沙发的西装上衣口袋里。”

浅见拿了一片钥匙，放进了脱下后放在沙发上的西服上衣口袋里。又向窗外眺望了一会儿，没有想出特别的点子来。

“怎么样，有没有藏在厕所或浴室等处，等人开了门后偷偷逃走的可能性？”

“呀，这不太可能。当时是勘查者先进的房间，门口设有警卫。”

“原来如此。那就没有空子可钻了啊。”浅见说着恭维的话。对于完美的密室状态，他多少有些厌倦了。“回去吧!”此时，窗外已被黄昏笼罩，浅见有气无力地说。

像是受到了传染，桥本也显得意气消沉了。

刚要走出玄关，浅见突然停了下来。他注意到，在玄关门口的一侧、鞋柜一边略微靠上一点儿的墙上，有报刊架。外壁的投入口很小，有金属板遮盖，所以不容易引起注意。从内侧看，是呈漏斗状向外扩大，以方便投递。因此，很容易注意到。浅见走到外面，推了推金属板。金属板装有弹簧，可从外侧往里按。可怎么按，最多只能按到六十度左右。从这个缝隙朝里看，可以看到正面房门的一半左右。

“事件发生之前没多久，俱乐部女郎说来收钱，怎么按门铃都没有回音，曾这样朝里探视过。这样，她能看到起居室有人影。一生气，就从外面打电话进来了。”

浅见听着背后的桥本解释着，蹲下来从报刊架往里窥视。然后，他肯定地说：“密室之谜解开了。”

“哦?”

桥本刑侦部长也蹲下身去，学着浅见的样子往里看。通过左右狭长的视野，只能看到玄关的地板、半开着的正门、走廊墙壁一小部分等。与事件当时同样的情形，对于眼中所见，桥本想不出来浅见到底发现了什么。“那么，你知道了什么?”

“嗯，大概有点眉目了。不过，总要做一次实验的。不然，我没有自信。而且，即使解开了密室之谜，可有没有发生杀人事件却是不同的问题。”

“这倒是真的。”

“因此，立刻要请您做的是，指纹采样。”

“啊，那个，已经做了啊。”

“不，我说的是稻田教由住的南品川公寓。那里现在还空着，可能在什么地方还留有稻田的指纹。然后，将指纹与这里采样的两相对照。”

“稻田的指纹？你想说，杀死当山的犯人是稻田吗？”

“如果这个房间里有稻田的指纹，那结果就是这样的了。”

“可是，也可以考虑与谋杀没有关系，单纯来访的可能性。毕竟他们是两小无猜的好朋友啊。”

“原来如此。也不能说没有这个可能性。这种场合下，也可以当即确认保险金诈骗的事实了。”

“呃，请等一下！事实上，稻田是从船上坠落的，也有之前来这里拜访的可能性啊。”

“这么一来，怎么办呢？”浅见苦笑了一下。“可是，这栋公寓是在稻田死去一年后才建成的啊。”

“啊，是哦……啊哈哈，我好蠢哦！”桥本看起来有些不好意思，羞怯地笑了。

爱和疑惑

1

两人带着密室之谜和指纹对照的问题离开了现场。这些问题的答案对事件的解决有着重要的意义。

走出“高田马场公寓”的时候，已经是可以看见星星的夜晚了。浅见拒绝了桥本共进晚餐的邀请，跟着直觉直接回到了家中。

浅见的家在北区西原，离以樱花闻名的飞鸟山公园很近。乘国铁（JR）的京浜东北线在王子车站下车，穿越飞鸟山走过去，或者在前一站的上中里车站下车走过去，两边的距离也差不多。大部分情形下，浅见都会自己开车。可如果去到停车难的地方时，他就会改乘电车，一定在上中里下车。这里是他从出生到长大，三十年来已经看惯了的风景。从上中里到西原一带的街道，浅见很是喜欢。估计在东京二十三区内，也就这些街道几乎没怎么开发，还留有很浓的旧东京的色彩。从上中里车站往旧电车大道方向，是一条很长的坡道，右侧是祭祀源义家[①]的平家神社宽阔的院子。入口处的茶店平家亭是一间从江户时期开办的历史悠久的茶店，贩卖传统风味的日式朴素点心。

浅见先去平家亭买了甜、咸串团子各五串。这里的团子是母亲雪江的最爱。要讨好母亲的话，只有这里的团子了。今天，虽然没有“讨好”母亲的必要，却不知道为什么想到买团子。只能说是他的直觉了。浅见没有想到的是，竟有稀客在焦急地等他回家。

开门的家政妇须美子有些不安地说：“少爷，有客人在等您。”

“客人？谁？堀之内吗？”

“不是，是女客。”

“女人？”浅见脑中立刻浮起多岐川萌子的脸来了。这么快就来反击了吗？浅见有些紧张。

雪江端坐在玄关迎接浅见。果然不是好兆头。浅见将手里的小包递了过去：“这是土产。”他先开了口。

---

① 源义家：1039－1106年。平安后期的著名武将。通称“八幡太郎”或“八幡太郎义家”。

“费心了。”雪江毫无笑容地接过小包。“你有客人。”

“听说了。是谁?”

“是位年轻的姑娘。”

“她说了什么难听的话吗?”

“难听的话……光彦，有什么令你这样想的原因吗?”

“不，没有。”

“这样最好。她特地从高知上京，可不是平常事。”

“高知?”浅见踢掉脚上的鞋，从雪江身旁冲往客厅。

“真是没规矩，客人在客房。”

在母亲不高兴的声音中，浅见跑向和室。打开推拉门，稻田佐和黑色的大眼睛看向这边。

“啊，是你啊!”有些颤抖的声音令浅见自己都觉得奇怪。所谓万千思绪涌上心头，指的就是这种状态吧。此刻，他心中满是各种各样的感情，却说不出话来。

佐和只是“啊，啊……”也没有把话说成句。桌上的红茶没有喝过，她一定是异常紧张的了。

“出什么事了吗，突然来东京?早点儿告诉我，我就去接你了。”浅见坐在佐和的对面，为了掩饰害羞，有些责备地说。

“对不起。”

藤之川时的刚毅像是别人的，佐和此刻的双眼软弱地蓄满了眼泪。

“啊不，我不是这个意思。”浅见慌了。“我是想说，希望能早些见到你。”

虽然冲口而出，可确实是浅见此时的心里话。但，想是这样想，浅见却没有整理过自己的心情。对佐和的感情，浅见自己认为在朝着爱慕的方向前进。

佐和的心中也满溢着爱慕。从长途旅行的紧张中解放出来，听到浅见虽简短却亲切的话语，情不自禁地流下了眼泪，同时贪婪地吸收浅见的亲切。

“打扰了。”打开着的推拉门旁，传来了雪江的声音。佐和慌忙用握着的手帕擦着脸。雪江装作没有看见的样子，在两人等距离的地方坐了下来。“光彦，介绍一下吧！”

“啊，这位是稻田佐和小姐。我在高知采访时受到她家的关照。”

“啊，是这样啊。我是光彦的母亲，刚才失礼了。”

佐和礼仪正确地应对，根本看不出是在山村长大的。不，她比现在的都市女性更为端庄地行着礼，完全是个淑女。这不仅让浅见觉得惊讶，就是雪江也很是意外，微笑着点了点头。

“是什么样家庭的小姐？”雪江问儿子。

浅见略加思索之后回答道：“是平家一门的子孙。”对雪江来说，比起职业、贫富，她更为看重家系。

“啊，平家的……”这是她预想中的结果。雪江是在这样的家庭中长大的，是那种过年时会在家里召开近百人的纸牌会的家庭。因此，她对源平藤橘这样的姓有一种神秘的憧憬。刚刚还作为闯入者的佐和一瞬之间就被认为是儿子的好对象了。

“光彦，还没吃饭吧？佐和五点前就等着了。一起来吧，我作陪。”雪江的声音突然变得年轻起来。

看来，为我找到意中人对于母亲来说，就像一剂效力极佳的良药。浅见想。

这一天，佐和恰如雪江希望的，住在了浅见家。知道佐和的祖先是贵族后，雪江更是兴奋不已。

晚餐后，浅见将兴奋中的母亲视线转移后，客厅中终于只剩下两人了。

“这次来东京的目的，还是为了你叔父的事吗？”

“是的。这是祖父的吩咐。那个，马上就要三回忌①了，想知道存放遗骨的寺庙和遗物什么的。”

“是嘛，三回忌啦……”

相信稻田教由还活着，正在追究犯罪嫌疑人的浅见，立场很是微妙。

“那个，浅见先生，您见到多歧川萌子了吗？”

“是啊。见是见到了，可发生了一些不愉快的事，无法进行你和你祖父希望的谈话内容。”

“不愉快的事？你指的是——”

“简单地说，我开始就问了一些让她不愉快的事，她不高兴了。就是这样。”

“吵架了？”

“啊，差不多吧。但是，那个人，比我想象的要更厉害几倍。她不跟你见面的理由我也能想象。或许，不见面还更好些吧。她就是那种人。”

“您说了什么引发争执的话了？”

---

① 三回忌：日本佛教定下的悼念故人的法要。

“不是什么重要的事。”

“是连我也不能说的事吗？”

“嗯，怎么说呢。”浅见犹豫着，最后终于下定决心道，“其实，我跟她说了，‘稻田教由还活着’。”

早晚之间，佐和会知道这件事的。与其从警察那里听说，还不如由他来说明。这样的话，对她的冲击会更小些吧。浅见是如此想的。

浅见再次重新坐好后，对佐和说：“你的叔叔，稻田教由先生说不定还活着。”

佐和一听之下愣住了，松鼠似机敏的眼睛看着浅见。

“突然这样说，你一下子还接受不了吧？从那之后，由各种调查发现，这种可能性会变得越来越大。”

“这个，那是什么意思？”

“也就是说，前年五月，你那在‘海花号’上坠落死亡的叔叔，其实并没有死。”

“在哪里被救了吗？”

“不是那样。可以认为，从最初开始，他就没有坠落入海。”

佐和皱着眉，努力开动脑子，想要理解浅见说的话到底是什么意思。

“你这是说，我叔叔是伪装死亡吗？”

浅见默默地点了点头。

“但是，那是为什么？”

“那是，与寄给你们的遗产也不是没有关系的。”

“遗产……”

“其实，因为那个事故，你叔叔，啊不，你婶婶多歧川萌子拿到了大约两亿日元的保险赔偿金。”

“两亿日元？那么，那是为了获得保险赔偿金的诈骗了？”

“目前还是假设阶段。不过，可能性比较大。”

“你为什么会知道这些？”佐和的声音在颤抖着。不仅是声音，她的身体也颤抖了起来。

“说实话，我的想法也不能证明百分之百正确。但是，有充分的证据可以如此怀疑。不过，暂时还都只是旁证。例如：与你叔叔一起离开藤之川的姓当山的人，你知道的吧？”

“是的。”

“那个当山，上个月十五日，从他住的公寓里跳楼自杀了。”

“自杀？”

“那件事等一下再详细说明。其实，我最近才知道，稻田教由坠落的‘海花号’，当山当时也在上头。而且，那么亲近的好友教由死了，当山却全没当一回事似的下船离去了。当然了，他要说不知道与教由同船，我们也没办法。可就算是偶然，你不觉得有些不自然吗？”

“……”

“还有，教由先生的太太多歧川萌子，结婚前在银座的俱乐部工作。你知道吗，当山是她的客人。怎么样，这两个事实放在一起，难免不人让人想到犯罪之类的故事吗？”

“也许，是他们两人一起，合谋杀害了我叔叔？”

“是的，我首先想到的也是这一点。但是，‘海花号’

上一个船员是我的好朋友，是可以信赖的人。根据他听到的，从物理学上来分析，谋杀不可能发生。”

浅见从“海花号”“坠落死亡”事件发生之时3F甲板上堀之内与樋口的位置关系以及得到的结论作了说明。

“但是，之后是当山的自杀。警察根据目击者所说及房间呈密封状态等，早早将当山之死断定为自杀。可我从调查中知道了意外的事实。”浅见停顿了一下，以期引起佐和的注意后继续说道，“目击当山坠楼的居然是多岐川萌子！”

“什么?”佐和的眼瞪得很大。

“如果说这也是偶然的话，我是不太相信的。而且，警察作为自杀根据的密室，其实用很简单的方法便可以破除。至于警察为什么没有注意到这个方法，估计是因为相信了多岐川萌子的证言。不管怎样，当山的坠楼不是自杀或事故的话，能想到的就是，有人与萌子合谋杀害了他。”

“你是指我叔叔吗?”

“如果你叔叔还活着的话，就是这样的。”

太过残酷了吧！浅见看着佐和的脸，想道。

佐和脸这会儿朝向窗外，看着外面的黑夜。然而，她的表情比夜还要暗。

“虽然我是这样推断的，但是否属实，还要等警察的调查结果。也有可能我的推理是错误的。”虽然知道没有什么意义，浅见还是说了安慰的话。

“谎言。”突然，佐和小声然而清晰地自言自语。

浅见愕然道：“谎言?”他还情不自禁地叫了起来。跟她说有可能自己错了，不过是体谅佐和的心情。其实，浅见相信自己的推理。

“谎言。”佐和再次重复道，“叔叔已经死了!”她断言道。

她眼睛的颜色也变了。与浅见在藤之川见到的一样，赤裸裸地显现出坚强和野性的女孩就在这里。而且，佐和的眼底同时还有着深深的悲哀。

“你是说，我说的一切都是假的?”

“不是，我没有这样想。”佐和皱起了眉头，微微摇了摇头。

“但是，我就是能够知道，叔叔已经不在了。”

浅见无法跟她生气。此刻，佐和就像一个在闹别扭的孩子，没有逻辑。

“你不愿认为你叔叔是坏人的心情，我可以理解。事实关系累积起来的话，怎样想都知道，我的推断没错。”

“不是你说的那样。浅见先生误解了。”佐和焦急地说道。

“误解——什么?”

“我认为浅见先生的推理是正确的。这和我叔叔已经死了是不同的事实。”

“啊啊——”浅见终于理解她要说什么了。

“你是说，事件归事件，而你叔叔也已经死了，是吗?”

“是的。”

“你叔叔也是被杀的吗?”

“这我就不知道了。只是，我有这样的感觉，叔叔已经不在这个世界上了。”

“这可怎么办?”浅见苦笑了。

不管她怎样改变说法，没有逻辑推导这一点还是一样的。奇妙的是，浅见的思考与佐和的不合理的直觉有同调的部分。浅见感到，一直让自己在意的可能就是那一部分。

不管“灵感人类”的佐和怎样，连自己也陷入不合理的直觉中的话就糟糕了。浅见相信自己不会如此。

那么，综合至今为止的调查，有没有可以肯定稻田教由已死的证据呢?浅见在脑中想着各种教由“死的机会”。

但是，他依然无法找到合乎逻辑的教由已死的证据。唯一的证据不是其他，而是多歧川萌子自信满满的态度。如果教由的死是虚构的话，她还能如此自信吗?

“佐和的直觉好像比我的推理还要强啊。”

“对不起。”看到浅见的笑脸，佐和身体中的紧张慢慢释放了。

“还是去见见多歧川萌子吧。”

“好的。”

“是嘛。”

“那个，还是不要见比较好吗?”

“我没有资格说这些。只是，我不太想让你见她。她与你完全是不同的人，我有感觉，怕你会因此受伤。”

“没关系。我还是很坚强的。而且，我还不得不见她。”佐和装作很快活地说。

“是啊。我没有强迫你的意思，由你自己决定。但是，我的担心还是有的。”

看到浅见发愁的样子，佐和呵呵呵地笑了起来。“不要这样担心。大家还是亲戚，总不会杀了我吧。”

“可不是开玩笑。我是真的担心。”

“对不起。不过，我还是很感谢你。”

“啊，我不是生气。”浅见搔了搔头，苦笑一下。不过，终于松下了一口气。“藤之川真是个好地方啊。有机会还想去呢。”

“真的吗？请一定来，爷爷一定很高兴。那个，爷爷说，浅见是个很好的人。”

“那么你呢？你怎样认为？”

“嗯？”

两人的眼神相遇了。浅见像是生气的表情与佐和不安的表情就这样相交了，不动了。

终于，佐和移开了视线，用像是喘气的声音说：“喜欢。”

浅见走到佐和面前，抱住她的双肩，让她站了起来。佐和吃惊地看着浅见。佐和的脸上几乎没有血色，泛着青白色。浅见轻轻地吻上了佐和颤抖着的嘴唇。

2

收到浅见向桥本刑侦部长展示的调查方向，户冢署立刻开始行动，将南品川的公寓采下的指纹与当山房间的指纹对照。公寓的指纹采集行动开始后大家发现，指纹被刻意消去了。除了打扫时擦掉的，还有刻意擦拭的痕迹，尤其在房间把手附近、电灯开关附近等更为明显。擦拭之后附着的指纹，一部分是多歧川萌子的，剩下的都是房东老太的。当然，家具、日常用具类都早被搬出去了，指纹采取的对象很少。

但是，再周到，还是会有漏洞留下。只有一个不明身份的男性涡状指纹，警察从厨房洗手池的柜子把手内侧采集到了。

这个指纹与从高田马场公寓当山房间采取的指纹一致。那个宝贵的指纹是从电话话筒上采集到的，很是鲜明。

“电话机吗?”接到桥本电话的浅见，听到有关指纹一事的瞬间，惊讶的同时想到，事件发生当时那个房间中的“嫌疑人”是怎样行动的?密室骗局是如何形成的?他之前的假设在某种程度上得到了证实。

“果然，稻田教由还活着。”桥本内心的兴奋无法抑制，热情地说道。

“目前的状况是，我正在和上级商量，根据需要，可能会明令通缉也说不定。”

“那个，还先请等一下!”浅见情不自禁地高声制止了。他的脑中闪过佐和的身影。佐和在东京停留期间，浅见不希望教由被当作嫌疑人。

“我还有需要确认的地方，而且……”浅见无法说得更加具体。毕竟，内心的秘密是无法现在公开来说的。“总之，暂时先不要公开。”

“既然你浅见这样说，我当然会等!不过，还是越早越好。”

“明白。不会妨碍进一步调查的。”浅见辩解道。

佐和前天和昨天都去拜访了多岐川萌子，却没有见到。

“我知道她在里面。她从窥视孔看着我们，却不肯开门。”

有一次，多岐川说自己是帮忙看家的，拒绝了佐和。一直等到下午四点钟左右，佐和看到“看家的”出来，上前询问：“是多岐川女士吧？”

她却强硬地说：“不是。”

再打电话过去，得到的回答是：“这个电话已停机。”多次之下，都是相同的回复。看来，萌子的防护越来越严密了。

“二十九日是祭日，她夜里一定会在家的。那个时候肯定能找到她。”浅见安慰佐和道。实在不行，浅见打算请麻布署的西本警官帮忙。

“没关系，不定哪天她就会见我的。”佐和坚强地说。

想到佐和在陌生的东京一定很不安，自己却什么也帮不上，浅见很是着急。

当然，这三天他也不是完全没有收获的。浅见在当山林太郎经营的咖啡店周围，精心进行了调查。

让浅见意外的是，当山的店叫“藤之川”。当从桥本那里听说时，浅见感到胸口被堵住一样的冲击。

浅见还以为，稻田教由也好，萌子也好，就是当山，也会努力地要与过去断绝关系。然而，当山还是将咖啡店的店名叫作“藤之川”，象征着当山说不出口的望乡之情。浅见很是感动。

当山不是忘记了藤之川，相反的是，他对在藤之川度过的岁月非常怀念，才给咖啡店起了这个并不合适的店名。

“真是一个奇妙的店名！”藤之川的常客、隔着一间店铺的旧书店主人富冈说道。

“问过他，这个店名是什么因缘，可太郎——啊，在我们熟悉的常客中，都称店长太郎——不告诉我们，只是诡异地笑着。这种奇怪的店名看不出来是咖啡馆，一般的客人不会来。可太郎说没关系。当然，对我们这些常客来说，也不希望奇怪的客人来破坏店里的气氛，对此也不是抱怨的立场。”

“藤之川是当山家乡的地名。是平家的落人部落。”

“什么？这样啊，平家啊。太郎是平家的后裔啊。被你这样一说，还确实有这样的气质。虽然在笑，却有些忧郁的样子。不过，我想，太郎的气质不仅是这个原因。怎么说呢，他应该有很痛苦的过去吧。例如：恋人的死，而且还是一起情死，自己却活了下来这样的。所以，就是那个原因，他才不结婚的。”旧书店的主人顾自说着自己的想象。

“当山先生住在藤之川的二楼吗？”

“是的。以前是的。太郎大概是十年前开的店。之后，就一直住在二楼。去年却买了高层公寓。也没有赚那么多钱的印象，还是勉强买的吧。出了那事后想来，他还是借了相当多的钱吧。”

“住在店里的时候，有朋友来拜访当山先生吗？”

“朋友，讨债的人吗？”

“不是。是很亲近的朋友。”

“呀，没有这样的人啊。像我，可是经常呆在这里，没有见过太郎有客人。要说朋友，包括我在内，似乎都是这里的常客。原本，这家店的客人都有些奇怪。按说，早稻田的学生很多。不知为什么，没什么女客人，大多是抱着哲学书一个人来的。太郎也是不多话的人，店里一直都很安静。我就是喜欢这种有些阴沉的氛围。客人走了进来，不需要问，只要看一下脸色，就知道这位客人是喝危地马拉，那位客人喝乞力马扎罗，然后默默把酒送给客人。可是现在，时代不同了，店名改为‘赌场’。店里还放了电视机、游戏机，学生客人也都是些看漫画的。我已经不想去了。以前的客人也都不再去了吧。”

旧书店的主人可能是太怀念藤之川了吧，不曾问及的，他都主动说了。但是，关于开店前的当山，他却是什么都不知道。

很明显，当山要与过去告别。连两小无猜的好友稻田教由都断绝来往了。至少，人们无法想象，他会瞒着大家跟教由暗地里交往。

然而，他的咖啡店却坚持以藤之川来标称。浅见无法解释这之间的矛盾。

浅见不由要想，问题会不会出在稻田教由这个人身上呢？

至少，性格别扭的当山还是开了店，并且还起了“藤之川”这样因缘很深的名字。显然，他过的并非完全潜伏在社会底层的生活。

同时，过去的二十年里，稻田确是生活在社会底层。即使长大成人、结婚后，他和世间也几乎没有接触。结果是，他杀害了亲密无间的好友当山，再次潜伏下去了。

他完全疯狂了！

到底是什么原因让那个纯情的教由少年有如此恐怖的变化？

浅见认为，要揭开这个谜，有必要搞清稻田教由这二十年黑暗的过去。没有任何预兆，突然潜伏在社会底层，一定是有特别理由的。

藤之川的稻田老人说，那二十年可能是教由被关在监狱的年数。但是，如果有犯了罪的话，一定会引发警察的调查。这样的话，住所反而会因此有很清晰的档案资料保存。要知道，当时的教由还是十六岁的少年。

不管什么样的犯罪，警察一定会与籍贯地的监护人联系。

由此，浅见想，教由一定是犯了重大罪行才继续潜伏下去的。考虑到二十年的漫长时段，可以想象，他的罪行至少是相当于十五年时效的犯罪，也就是杀人了。

浅见还隐约记得，稻田教由离开故乡后到杳无音信之间寄回家乡的八张明信片中最后一张的内容。在那张明信片中，教由说，明天去名古屋——一个充满希望和不安的少年，那时确实还在世人的视线之中。

名古屋——浅见想，教由“存在”与“不存在”的连接点是在名古屋。浅见在笔记本上写下了“昭和三十四年九月二十六日”。这是教由最后一张明信片上标注的日期。那之后，在名古屋，他到底发生了什么？然后，它与二十多年后发生的事件有什么样的联系呢？

桥本刑侦部长对浅见如何揭开密室之谜，有很大的期待。不，不仅是桥本，户冢署刑侦部的家伙们喜欢看热闹的性格完全显现出来，都跟在浅见后面，等着看他揭穿谜底。

“这可不是那么值得期待的结果啊！”浅见有些困惑。无法判断他们是真心想学习，还是只想等着看笑话。如果他们是认真的，真的没有想到密室陷阱的话，就有必要怀疑警察的调查能力了。也许，他们早有定论在心，不过是要将功劳交给“名侦探”的自己也说不定。他之所以这样想，就是无论在什么场合，所有警察与他都无法忽视兄长阳一郎的巨大影响。警事厅高级警官的弟弟——这样的关系与身份，不管是好是坏，他都无法得到正当的评价。这也是他要背负的一种责任吧。

“总之，这次密室之谜的成功破解就在于，寻到钥匙、回到原位便可。”

在十几位刑警的虎视眈眈之下，浅见像蹩脚的魔术师那样，低头开始“表演”。

他从随手扔在沙发上的上衣口袋取出钥匙。

“嫌疑人，假设他实际上已经杀了人，当然是戴着手套的。事件发生在三月十五日。当天有些薄云，微微有些凉，可也不至于要戴手套。嫌疑人进来后是戴着手套行动的，而且，进门后立刻就执行了。我们可以这样考虑。既是自杀，就绝对不能留下指纹。如果当山端茶出来的话，就更不好了。正因为如此，犯罪是有计划的，必须迅速执行后离开。

可以考虑是用什么钝器朝头部一击。凶器有可能是带来的，也有可能是房间里现成的东西。不管怎样，犯罪实施后，嫌疑人将它带走了。

所有事情都按事先设想的进行。然而，突然出现了一个紧急事件。为了收钱，陪酒女郎友杉范子突然来访。估计她是在嫌疑人殴打当山之后按下的门铃。嫌疑人此时应该很慌张的。那个时候，当山还没有死。不去应门显然说不过去，更不能让她看到自己的脸。幸运的是，友杉范子认为当山跟她玩猫腻，便从外面打了电话过来。嫌疑人不知道电话想要确认呼叫的不是他。在他看来，不管是谁，这都是为当山自杀作证的最好机会，他犹如条件反射似的拿起了话筒，说了要自杀那样的话。

然而，就因为如此，嫌疑人犯了一个无法弥补的错误——在电话机的话筒上留下了指纹。"

"刚才你不是说嫌疑人是戴着手套的吗?"桥本提出了自己的疑问。

"是的。但是，那个时候他没有戴手套。当时，嫌疑人正在为制造密室，双手干着精密的活儿，因此摘除了手套。等一下我会演示，那个活戴着手套是无法完成的。当嫌疑人的全部注意力都集中在手中活计上时电话进来了。所以，估计他是什么都没想，就这样拿起了话筒吧。

之后，嫌疑人立刻注意到自己犯下的错误，又不能自己擦拭话筒。因此，他想到将当山的指纹盖在自己的指纹上。所以，他抓着当山的手，让他握住了话筒。怎么样，关于这一点?"

“如你所说。”桥本忍不住说道，似乎难以置信地摇了摇头。

“据痕迹科的警察说，最后拿起话筒的是当山的左手，教由的指纹被盖在当山的指纹下面，还残留了一部分。”

“果然是这样啊。”浅见满足地点了点头。

“制造密室的工作完成后，嫌疑人打开窗户，确认没有多余的目击者后，便将当山头朝下，推出了窗外。窗户很小，室内又暗，即使被看见了，也无法判断是瞬间被推下去的，还是死者自己跳下去的。不过，还是不要有多余的目击者比较好。

只是，证明当山的坠落是自杀的目击者还是必要的。担任这个角色的是那个时候偶然在桥上向管理员妻子打听道路的女性——多歧川萌子。或许，萌子是以当山的房间窗户打开为信号，抓住谁就是谁也说不定。”

“原来如此！太漂亮了！”桥本夸张地称赞着。

可在浅见看来，他的夸奖是否真心，还值得怀疑。可在桥本那里，他对浅见的敬意是毋庸置疑的。

“整个情况已经非常清晰了，就好像能够看到嫌疑人的每一个动作似的。问题在于密室了。像浅见你说的，密室真的是骗局吗？务必让我们看看你的本领！”

“那就试试看吧！”浅见听了他的要求，毫不厌烦，脾气很好地从口袋里拿出了钓鱼用的尼龙线卷。“我不知道嫌疑人实际上用的是什么东西。我在家里做了各种实验，结果，还是这个最好用。”

浅见将尼龙线从外向里穿过放在沙发上的上衣口袋的料

子。“像这样的不用针也能穿过。即使犯人用了针，结果还是一样的。”

他将尼龙线从口袋里面拉出来，穿过钥匙上的孔，然后又将尼龙线从口袋内与之前穿出的地方相隔一厘米处穿过，穿到料子的另一面。“这样就准备好了。”

浅见将钥匙和尼龙线头拿在手里，尼龙线卷放回自己的口袋，向门口走去。刑警们也跟在后面。尼龙线卷在浅见衣服口袋里不断翻滚，越来越长。

来到门口，浅见留下足够的尼龙线后，将线头穿过报刊架，再将线头和尼龙线卷扔在走廊上。

然后，浅见走出门去。等到全体人员都出来后，浅见拿起钥匙，锁了门。

“现在开始，有些复杂了。”

在报刊架里，浅见用火柴盒圈成一个空间，将钥匙放到它的内侧，再用手操纵线头和线卷。钥匙掉到了地板上，随着“哒哒”的细小声音，钥匙消失在大家的视线外。

最后，浅见用力地拉了拉线，确认了感触后，放开线头，开始收线卷。等线全部卷好后，他取下夹在报刊架口子上的火柴盒。

“一切结束了。再去屋里确认一下钥匙所在的位置吧。”

拿着备用钥匙的刑警慌忙打开门，跑了进去。“有了。钥匙就在口袋里。”刑警大声叫着。

3

想不到，麻布署的西本警官爽快地答应了浅见的请求。“我还欠你情呢。”西本笑着说。他对当时完全相信多歧川萌子所说，强拉浅见去警察署的事，总觉得有些歉疚。

“让您帮忙这些为难的事，对不起。”浅见郑重地低头行礼。他告诉西本，他并没有想要利用他的歉疚的意思。

四月二十九日，佐和与西本一起拜访了多歧川萌子。西本事先与多歧川萌子联系，告诉她访问的目的是“报告之前之事的结果”。至此，萌子没有了拒绝来访的理由。

佐和与西本按照萌子的希望，“一点多钟”的时候到了萌子的公寓。按了门铃后，门立刻打开了，露出了萌子带着笑容的脸。

但是，当她看到跟在西本背后的佐和后，脸色立刻变了，露出了不高兴的神色。“啊，你，怎么——”

“我是稻田佐和。”看到她果然就是那天“看家”的人，佐和很是生气，可表面却像初次见面似的寒暄。“我从高知藤之川来。是教由叔叔的侄女。”

“这可怎么办好？今天我没有空和你见面。”

“没关系。”西本慌忙插了进来。“这位姑娘这么想和你谈谈！听她说，还是从很远的地方来的，还是和她谈谈吧。而且，她还是你去世的丈夫的侄女，谈谈话也不会有什么关系吧。或者，你有什么隐情？”西本对上次的事，还是有些记恨，因此才这样说。

“没有什么隐情。我认为以前的事是个噩梦，想尽快忘记。为此，我也是这样做的。”萌子提到了一千万日元的事。

“是的。但是，我想问问您，叔叔放遗骨的寺庙及遗物方面的事。”佐和怕吃闭门羹，拼命解释此次前来东京的目的。

“啊，还是进去再说！在这里说也不方便。”西本显示了强硬的立场。

萌子撇了撇嘴，可还是在玄关放了两双拖鞋。“请进。”就先走了进去。

“啊，我改天再来吧！你还是和这位姑娘好好谈谈吧。”西本将佐和推进了门，随手带上门后便走了。

“什么呀，那个刑警。”萌子不高兴地说。知道自己被摆了一道，那气儿没地方出。

“坐吧。”萌子指了指沙发，自己在椅子上坐了下来，叼了一支烟。

很漂亮的人，可——佐和想着，完美的化妆、时尚的穿着，是典型的都市女性。看来，“都市女性”也是有美德和恶德之分的。所有这些，都从萌子的动作和言辞中散发出来，似乎要将她吞噬。

然而，幸运的是，佐和并不喜欢这样的萌子，也没有感到她的魅力。因此，在萌子的傲慢面前，佐和并没有卑屈的态度。

“你叫佐和吧？”

“是的。”

“多大了?”

“十九。”

“嗯。”

想了想，萌子说：“那么，你不认识你叔叔了?”

“是的。知道有这样的叔叔。可他是怎样的人，却完全不知道。”

“是吗? 其实，我也并不是很清楚。我们在一起的时间很短。”

“那个，是怎样的契机，您和叔叔结婚的?”

“没有什么契机那样的东西，就是一时冲动。说实话，我是被骗了。”

“被骗了吗?”

“是的。他说他是小说家，所以就——可实际上，他不过是个懒惰的人。对你这样说不太好，可有那样的叔叔——”

“但是，您不是寄回了一千万的遗产吗?”

“遗产?”萌子瞥了佐和一眼。

“啊，那个……是他最后留给我的礼物。我拿到了保险赔偿金，所以分了一些给你们。当然，他不知道这样的事，也没有遗书。都是我的，可以算是好意吧。请尽管用。”

“是的。我们非常感谢。祖父也叮嘱我，一定要好好谢谢您。所以，我才想见见您，当面向您道谢。”

“不用了，才这么点儿事。对了，就像我刚才说的，我想忘记以前的事。那时的生活，与现在完全不同。交往的人，所处的世界也完全不同。所以，我们就这一次，以后不要再见面了。”

“好的。我明白了。”佐和率直地点点头。

“但是，还请您告诉我，叔叔的葬礼和存放遗骨的寺庙。”

“那个……怎么办呢?”萌子垂下眼睛想了想，“说实话，没有办葬礼。所以，也没有墓。他死的时候，我们没有钱。那个，他坠海的时候，现金都在他身上。所以，没有办法。等拿到保险赔偿金后，也想过要办个葬礼，可已经过去那么久了，就没有再办。或许你会认为我无情，但是，形式不重要，重要的是心情。”

“可一个人去世了，办个葬礼也是应该的啊。”

“是吗？我可不这样认为。那不过是个仪式而已。我每次参加法事都想笑。不仅是我。告诉你，我祖父还健康的时候，买了新墓，为此要做法事。全家都去寺庙诵经，经文中有什么很奇怪的词，祖父第一个笑了出来，然后大家都笑了。因为这个，在祖父的葬礼、七回忌的时候，我总是笑着逃了出去。这一定是我从小就在认为婚礼、葬礼都是无意义的环境中长大的吧。”

“那么，灵魂怎么办?”

“灵魂?”萌子好笑地看着佐和。

佐和生气的眼神看着萌子。萌子的脸变得有些狰狞起来。

“嘿，你这么年轻也相信这些吗？到底是乡下人。真无法理解，还有人如此认真地相信这种事。你是真的相信有灵魂存在啊?”

“是的。我相信。”

“讨厌。人的肉体不过是物质。碳水化合物、钙，还有其他什么的。总之，就是这些东西了。人死了，什么都不存在了。你叔叔不就是这样？虽然没有办葬礼，不也没有变成鬼出来啊。”

佐和呆住了，脸色苍白地看着萌子。

关于人的灵魂的这种说法，佐和从来没有听说过。人类只是物质存在的话，那先祖和自己的关系又该如何解释？就是有这种想法，在藤之川都是被禁止的。

佐和认为，如果继续听萌子说话，自己会被她毒害。眼前的人，完全像是住在别的世界的人种，说不定想要毒害、破坏佐和这样出生、成长都在藤之川，相信过去、未来、血统这样与灵都有关系的人们及世界。

仔细想来，带着叔叔教由离开藤之川的当山，原本也不是藤之川的人。当山果然也是与萌子同类的人。结果，说不定她还成了叔叔的加害者。佐和不相信浅见说的，叔叔是他们的同伙。

“那个，您认识一位叫当山的人吗？”佐和像是要排斥萌子的无情似的说。

“当山？”一瞬之间，萌子的眼中闪过冷酷。“你知道那个人？”

“是的。听说是叔叔的好友。”

“哼……是吗？”

“您不知道这件事吗？”

“这种事，我怎么会知道。”

“那么，叔叔和当山完全没有交往吗？”

“到底有没有交往，至少我不知道。”

“真的不知道吗？”

“你烦不烦啊！为什么我必须知道？”

“那么，叔叔在‘海花号’坠海的时候，当山也在同一艘船上就是偶然了？”

“什么？”萌子的脸色变了。“你为什么知道？”话一出来，她立刻住了口。“这种事，你怎么可能知道？”她改口说。

她在撒谎——佐和感到自己的心脏扑通扑通地跳得很快。浅见的推理，看来还是正确的。

“这是真的吗？”萌子问道。

“真的。当山在那智胜浦开车下了船。”

萌子沉默了，移开了视线。

“还有，当山自杀的时候，您是目击者。这也是偶然吗？”

“什么？”

萌子恐怖地看着佐和。“你，为什么——听谁说的？”

“果然是这样的。”佐和叹了口气，说道，“当山不是自杀的啊。”

“你在说什么？”

“请您告诉我真的。那个，叔叔还活着吧。所以，没有举行葬礼，也没有墓。”

“——”萌子瞪大了眼睛，直直地看着佐和。

“你是从一个叫浅见的男人那里听来的，是吧？是他在后面操纵，是吧？”

佐和不知道将浅见的名字说出来是否好，正在犹豫着。

“果然是这样。难怪？我就想，怎么可能是你一个人的智慧。你和那个男人是一伙的。”萌子厌恶地说，“你是浅见的什么人？恋人？”

佐和的脸一下子红了。

“原来是这样的关系啊。哼，看上去纯情！果然，人不能只看表面。不过，我话说在前面，那个男人你还是不要交往的好。你知道那个男人到我这里来干了什么？敲诈，敲诈哦……都是为了分杯残羹聚集过来的。他特地来找碴。你也注意些比较好。长得有些帅，脑子还好用，装作善良，那种人最危险了。”

佐和找不到反驳的话。好不容易才说了一句：“浅见先生不是那样的人。”

“是啊，这也难怪，你爱慕他嘛。”

这种卑鄙的说法，让佐和更觉得悲惨。

“但是佐和，你想一下。如果没有那个目的，与你没有任何关系的浅见为什么要挖掘根本没有的事，参与不相干的事？或者，是你请那个男人做的？”

“不是。”佐和无力地摇了摇头。

“看吧，我说的不会错。跟那种男人，还是早点儿断了好。”萌子像是得胜似的说着。

佐和动摇了。一边说不要受萌子恶意话语的迷惑，同时，又在心底生出了对浅见怀疑的芽。

对啊，那个人为什么会调查我们？佐和心中浮起了至今从未想过的问题。

“不，浅见先生不是恶人。”佐和像是要打消自己的疑惑似的，慌忙说。

“如果你这样想，那也可以。”好似看透了佐和混乱的心，萌子还故意好心地说，一边给自己点着了烟。

“那个，还请您回答我刚才的问题。”

“问题？”萌子别过脸去。

“关于当山和叔叔的事。”

“啊，你还在说这个。那还不是看你自己的心情？只要你还相信浅见这个男人，不管我说什么都没有用。”

“但是，至少请您告诉我，叔叔是不是还活着？”

“你这人怎么这样，他当然不会活着了。”

“那么，到底是谁杀害了当山呢？”

萌子凶狠地盯着佐和，拼命抑制自己不要开口说话。这一点，佐和也能感觉到。

“你，回去吧。我们没有什么好说的了。”萌子低沉地说道。

“我明白了。打扰了。最后，祖父叮嘱我，让我带一件叔叔的遗物回去。所以，还请您同意。”

“遗物？还有那样的东西吗？基本上都处理过了。”

“拜托您了。什么都可以，用来代替遗骨的。他要将遗物放进墓里。”

“你突然这样说，我还要找找看，现在是不可能了。”

“不用现在。我还要在浅见先生家里住两三天，找到后请打这个电话，我立刻就到。”佐和将写着电话号码的纸条递给了萌子。

“好吧。不过，我可不保证一定有哦。”萌子冷冷地说着，站了起来。

萌子露骨的话给佐和的伤害比想象的要深、要大。尤其是关于浅见“敲诈”的这种说法，让佐和感到困惑，却无法向浅见确认真伪。在佐和对浅见完全没有防备的心里，也因此偷偷潜入了一丝疑问，并渐渐扩展开去。佐和的心中感到不安。

见面以来，佐和感到自己与浅见之间有了命中注定似的感觉。初次见面时，她有过过度的警戒心，但直觉浅见对自己来说是“特别的人”，才会如此放松下来。而现在，她对浅见的爱慕化作温润的感情，填满了自己的心房。对这样的浅见，她的心中却出现一丝疑问。佐和感觉自己背叛了浅见。

回到浅见的家，见到浅见时，佐和无意识地垂下了眼皮。

“看上去很疲劳啊。”浅见豁达地说。

“是啊，有些累了。”

“遇上她那样的毒气，谁都难免消耗心力的。怎么样了？知道是哪里的寺庙了吗？”

“没有寺庙，也没有墓。她说连葬礼都没有。”

“相当过分啊。”

“所以，我才认为，或许正如您所说，叔叔可能还活着，因此没有举行葬礼。”

“啊，等一下！那怎么说也是我的假设，真相还不清楚。为此，我明天或者后天打算去名古屋。解开教由先生与家乡断绝消息二十年秘密的关键，应该就在名古屋。”

“那个——”佐和有些犹豫地问，“浅见先生调查叔叔一事的目的，是什么？”

“什么？”她出乎意料的问题，让浅见一瞬间不知说什么好。

“真的。这样说来，目的是什么呢？”

好像她问的是人家，浅见不以为意，笑了。“最初是好奇心。其实，最初，这件事我是听我的好友、高速客轮‘海花号’上的堀之内说的。”浅见将事情的经过作了说明。

“但是，在藤之川遇到佐和你后，情况就不一样了。现在，一半是为你，一半是为了警察和好奇心在调查的。”

“不用赚钱吗？”

“钱？有赚当然是最好的。有个保险公司说要出谢礼给我，但是，我并不是因为这个才开始调查的。因此，所有费用都是我自己在承担，你不用担心。我是寄宿在这个家里的人，也写写稿子。生活还是没有问题，收入也算不错了。”

“那么，目的不是为了钱了？”

浅见这会儿不禁用奇怪的眼神看着佐和。“怎么啦？你为什么会这样问？”

“对不起，我净问些奇怪的问题。”佐和低下了头。

“是啦。是那个女人对你说了什么吧？她说，浅见是来敲诈的？”

佐和吃惊地点了点头，欲哭无泪。

浅见勃然觉得愤怒起来。那个女狐狸，不可原谅——浅见第一次对多岐川萌子抱有明显的厌恶感。

然而，浅见的怒气只是一瞬间的事。不管在什么场合，浅见都有能保持冷静、不失去自我的特性。这也是浅见的才能。

“绝对没有这样的事。佐和你没有必要担心。”浅见用平静而亲切的语调说。

悲剧

1

五月一日，浅见与爱车一起成了“海花号”的乘客。佐和抱着奉献给叔叔灵魂的花束，一直将浅见送到晴海码头。

“请带我一起去！”

浅见好不容易劝解了这样说的佐和。他也并非没有带佐和一起去的想法，但他预测，这可能会是“危险的旅行”，所以拼命拒绝了这种想法的诱惑。

为什么一碰上佐和，他就变成胆小鬼了。浅见自己也不知道这是怎么了。

看着执拗地缠着浅见要求同行的佐和，感觉佐和还是很积极的。这到底是对男女之事无知，还是全都知道后的决定，对浅见来说是个谜。

堀之内第一次见到佐和，才寒暄过后，便立刻贴着浅见的耳边说道：“啊，好漂亮的女孩啊！而且，还很年轻啊！”

“嗯。”浅见自然笑得很是得意。

“你这家伙——”堀之内在佐和看不到的地方，在浅见的侧腹轻轻打了两三拳。“还是去高知吗？”

“不，去名古屋。”

“名古屋？那还是走陆路更近些，还便宜啊。”

“笨蛋。我特地乘你的船，有你这样抱怨的人吗？”浅见笑了。“其实，今天是她叔叔的三回忌，她打算为她叔叔奉献镇魂的花束。”

“啊，是这样啊，已经三回忌啦。好快啊。”

“还请节哀！”堀之内再次和佐和寒暄起来。

佐和在船上一直待到铜锣响。下船的时候，她满是寂寞的神色。

在《友谊地久天长》的音乐中，客轮渐渐离开。客轮与岸壁间由几十条彩纸联结着。在送行的人群中，佐和祈祷似的双手在胸前紧握，动也不动。

第二天，天气从西面开始转坏。那智胜浦港的上空布满了厚厚的云层，可以感到从陆地吹来的凉凉的风。

“啊，那姑娘配你有点儿可惜。要抓紧哦。”分手的时候，堀之内以少有的认真说。

浅见从那智胜浦沿着国道四十二号线往北驾驶，离目的地名古屋大约有二百五十公里的路程。虽然道路整修得很好，可因为要经过鸟羽、伊势这样的知名游览地，估计会遇上堵车。浅见估计，大约能在傍晚时分到达名古屋。

车行在高速路上，浅见突然想到，两年前的今天，当山林太郎也是走的同一条道路。估计当时，稻田教由就躲在后备箱里吧。离开故乡二十多年，不管经历过什么，教由寄回家乡的明信片中“赚到钱……”这样的愿望，终于以一攫千金的罪行来实现。从某种意义上来说，这是他作为男子的意愿吧。

然而，那么相依为命地一路走来的稻田教由和当山林太郎，相互间到底执着什么样的念头，最后竟到了彼此残杀的地步？按常识——单纯的是因为分赃不均而散伙——来看，考虑到两个人以往生死相依的关系，浅见无法理解。

而且，处心积虑得到的钱财对两人来说，绝不是那么美好的。

当山死了，教由不得不继续他的潜伏生活。实质上，可以自由使用金钱的就只有多歧川萌子了。对她来说，真可谓世界都是春天了。

谋划这个骗局的是当山，还是教由？但是，承受炫目的舞台灯光的却是多歧川萌子，两个男人不过是小丑而已。他们为何会心生此念？浅见的心中涌起了疑问。

或许是发生了什么预想不到的事，结果让两人之间生了龃龉？当山的死不过是由此生出的一个结果也说不定。

但是，即使是那样，教由杀害当山的状况，还是让人感觉异常。

为了女人啊——

突然，浅见想到了这样一种情形。多歧川萌子成熟的姿态浮现在眼前。两个男人与萌子之间的关系，或许比表面上显现的更为复杂也说不定。

浅见握着方向盘，像是要甩掉不好的东西似的，摇了摇头。这种推理对浅见来说，是他最不擅长的领域。要踏入男女关系淫靡部分的工作，或许，浅见一生都不会适应也说不定。

国道四十二号线过了松阪市后与二十三号线合并。穿过铃鹿，越过四日市的界碑时，浅见的脑里又浮现出了稻田教由写回家的明信片。

从大阪开始，走过奈良、伊贺上野、龟山的两位少年，昭和三十四年九月二十五日，在四日市住了一晚。第二天，投递了寄往藤之川的明信片之后，他们就断绝了消息。

明信片里写着："明天，终于要去名古屋了——"多么充满希望和不安的文字！即使不是故乡的人，也会自然而然地等待之后的信件。到名古屋后怎样了？找到工作了吗？身体健康吗？浅见的眼前浮现出挂念他们的双亲和兄弟的脸。

稻田教由，为何会停止往家乡投寄明信片了呢？为什么二十年间没有向家人表明自己的所在呢？

为了探究谜的根源，浅见在前往名古屋的道路上奔走。

桑名——教由最后的明信片上盖着桑名邮局的邮戳。一定是在这条街的什么地方投递了明信片。与四日市大约十二公里的距离。早晨从四日市出发，以少年的脚步，大约在中午时分便能到达桑名。桑名的前面是长良、木曾、锅田，横过注入伊势湾的三条河流。

越过锅田川，就是爱知县了。浅见的眼中掠过飞岛村的标志。他将车开进路边的加油站。显示的汽油价格比东京周围要便宜一成左右。

对立刻冲出办公室的店员指示“加满”后，浅见走出爱车，眺望着周围风景。

从四日市到这里，大约二十公里。名古屋就在眼前了。即使徒步来到这里，如果还有余力，努力一下也是可以的。可如果要住宿，应该就在这附近了吧。

既然教由决定“明天去名古屋了——”可以认为，他不是在这附近借宿，就是在这里野宿。

国道沿线除了加油站和路边餐馆外，几乎看不到民房。周围一带，大半是田地，中间夹杂了斜顶瓦房的民房。远处可以看见像是神社的悬山式屋顶。

野宿的话，那样的神社最合适了吧——浅见多少有些伤感的情绪。

时针已经转过四点。赶一下的话，这个时间应该进入名古屋市内了。果然道路拥堵。浅见决定，预定的调查明天再继续。现在，他要开着车在附近转上一圈。

远处看到的悬山房顶建筑物，靠近了看，果然是神社。但是，建筑物还很新，房顶与板壁都还飘着木头特有的香味。无法想象，昭和三十四年会有这个神社。

不管怎样，这个村子看来缺少树木。除了不高的庭院树木，几乎看不到能遮住视线的树木。估计这是在开垦排水地时形成的相对比较新的村子。

浅见看到，神社的远处，竖着塔样的建筑。平坦的地形中，冲天的塔尤其惹人注意，也更吸引人。

浅见开着车，在田园四通八达的铺装道路上左转右转，终于来到塔下。

塔建在一个小小的绿地公园中间，高约十米。台座上面放有几尊真人大小的人像。白色水泥的塑像有着各种奇妙的姿势。浅见下车，向塔走去。

塑像是一个人拿着长长的竿子站着，另一个弯腰下去，似乎要抱起横在台座上的裸身年轻人。他双手从腋下穿过，被抱的年轻人垂着头，手脚已经完全没有生气。看上去，那个年轻人好像死了。仔细看，似乎也不是全裸，还穿着短裤。但因为贴着肌肤，所以身材完全显现，给人奇妙的感觉。

浅见无法理解这些塑像的意义。他围着塔走了半圈，然后，来到塔的正面。塔上刻着“伊势湾台风①殉难者之塔”几个大字。塑像是救助遭难者作业的场景。

浅见对这次台风知道得不多，止于名称而已。看过慰灵碑，才知道此次台风中有很多人丧生了。

浅见简单以为，因为是开垦的排水地，由长良川、木曾川的泛滥引起洪灾。塔的背面刻有此次灾害的由来，可因为位置高，加上风化严重，好不容易才能大致得以判读。可因为看起来很累，浅见才看了一眼，就放弃了。

---

① 伊势湾台风：1959年9月21日形成，至28日消散。台风贯穿日本本州，尤其给伊势湾地区带来严重破坏，造成四千五百八十人死亡、三万二千二百八十五人受伤的巨大灾害。

回到车里，他将车开到了开垦地的海岸线边。开垦地被运河围绕，前面连着巨大的防护堤。防护堤后面便是伊势湾了吧。看着大海，浅见如此想道。

考虑到还要在名古屋找宾馆，浅见又继续上路了。沿着运河的道路前进不多远，有一个“殉难之碑”。这个碑比较小，建在地势比较低的地方，不容易注意到。仔细想来，它与刚才的神社离得并不远。再往前走，就可以看到国道上往来的车辆了。

道路比想象的要拥挤堵，浅见花了一个多小时才到达名古屋市中心。好在他找到了干净、便宜的商务宾馆。观光客一半都会宿在市街的中心部分，不会在商务宾馆住宿。因为是连休，这里晚上也很是热闹。

浅见要了一个宾馆套餐和一瓶啤酒，吃完之后，早早地上床休息了。

早晨，浅见醒来后给东京的家里打去了电话。代替家政妇须美子接电话的是正在焦急等待的佐和。“啊，浅见先生，出了大事了。”

“呀，早晨好。”浅见有意用平稳的语调打着招呼。

“早晨好。对不起，我太混乱了。”

“看你的样子，该是大事了。”

“是的。”佐和调整了一下自己的呼吸，抑制了声音说道，“昨天晚上，多歧川萌子打来了电话。”

“那个女人打来的？”

“是的。那个，她说是我叔叔要见我。”

“什么？你叔叔？”

“是。约在今天下午一点，就在萌子的家里。”

“是嘛……果然还活着啊！”浅见的心情很是复杂，没有说什么。

“虽然她嘱咐我不要告诉别人，可我还是想要告诉浅见先生。”

“啊，谢谢。但是，还是不要告诉警察比较好。好不容易你叔叔想见你。不过——”突然，浅见的脑海里闪过不祥的预感。该怎样告诉佐和呢？浅见犹豫了。

“好的。还有什么吗？”佐和还在等待浅见的回话。

“没什么。你一定要小心，不要逆了你叔叔的心情。当然，他应该不会加害你的。可毕竟才发生了那种事不久，精神可能处于不安定状态。记住了吗，千万不要勉强。”

“我知道了。”

挂断电话后，浅见还是无法消除说不上来的不安。

稻田教由还活着这件事并不惊讶，可教由要见佐和的目的是什么呢？浅见非常在意。

早餐他只吃了一点点，没有胃口，心里总在担心着。

刚过了九点，浅见就离开宾馆，前往爱知县警察本部。警察本部在靠近名古屋城官厅街的一角，在占地面积不小的八层大楼。刚要进入大厅，站岗的巡查立刻举手行礼。“早晨好。请问您有什么事吗？”

“我是从东京来采访的。”浅见立刻答道。

“那么是宣传科了。请先到接待处。”警察脸上始终带着笑容。

从接待处的女警手中接过徽章，他前往二楼的宣传科。

隔壁是记者俱乐部，有些闲散。看来，目前平安无事。

宣传科里有十几名穿着便服的警察坐在办公桌前，看上去与一般公司的上班情形没什么两样。

坐在末席的青年注意到浅见，立刻站了起来。他二十三四的年纪，瘦削的身材很是英俊。因为没有佩戴警衔，虽说坐在末席，应该不是一般的巡查。接过浅见递上的名片，他自我介绍说："我是田中。"

"其实，我不知道来宣传科是否妥当。"浅见说。

"能不能浏览一下案情记录，有关昭和三十四年九月末至十月初名古屋附近有没有发生什么凶恶犯罪，例如，杀人、抢劫伤害等？"

"昭和三十四年吗？"田中的眼睛看向空中。

当然，当时他才出生吧，肯定没什么记忆。

"这样的资料，这里没有。"

"没有搜查记录、事件簿吗？"

"当然有的。可基本上是一年前，最多三年前的记录。"

"管辖署也没有吗？"

"不太清楚。"

田中可能还是第一次遇到这样的访问者，很是困惑。"请等一下。"他跑了出去。再回来的时候带来了一位年长的身材高大的男人。

男人报上自己的姓名："小川"。小川听了浅见的话后立刻问："报纸的缩小版不行吗？"

对于这一点，浅见开始也想到了。可如果事件发生后就被发现的话，还会有报道；如果发现白骨化的尸体后才知道事件的话，报道与实际事件发生的时间就差得太远了，很难查找。浅见将自己的担心说了出来，小川点点头说："原来如此。"

"但是，还是先调查看看，如何?"

就在浅见与小川交谈的时候，田中开始打起了电话。

"啊，不行。"田中听到话筒里传出来的机械应对声，失望地说。

"今天是休息日，图书馆没有开门。"

"啊，忘记了。"

浅见忘记了这件事。"那么，大家都加班了?"

"呀，警察的作息都会适当调整。犯罪可是年中无休的。"小川开朗地回答道。

不愧为宣传科的人，两位警察都很客气。看着小川那四方脸，不知不觉就会以为，警察都是循规蹈矩的人。可不管是户冢署的桥本，还是现在的两人，其实都是个性十足的。

"那，给你介绍报社吧。"小川坦率地站起来走到隔壁，带了一位相当年长的男人回来。

他是当地报社候在县警察本部的记者。然而，与两位警察相比，老男人服装及态度，都很糟糕。

"三十四年的九月？好久以前的事了。可能没有缩版印刷版，只有微缩版。"老男人一边说着，突然注意到了什么。"昭和三十四年，不是伊势湾台风那一年吗?"

"伊势湾台风?"浅见的心扑通跳了一下。昨天，在开垦地看到"殉难之碑"的不祥塑像浮现在脑海里。

“是的，伊势湾台风。像你这样的年龄可能没有记忆了。那可是很大的台风，死了很多人。”

“死了几十人吗?”

“几十人?”老男人盯着浅见看，哈哈笑了。

“五千人啊，五千人。不，再加上失踪人数，应该是五千几百人吧。光名古屋南部地区，就死了差不多三四千人。”

“那，或许是——”浅见咽了口唾液。“是发生在昭和三十四年九月二十六日的事?”

“具体日期记不清了，不过差不多是那个时间。”

“那次台风中，有没有身份不明的死者?”

“肯定的。还有从伊势湾一直漂流到太平洋的遗体。身份不明、生死不明的人数也相当多吧。”浅见沉默了，他在想着别的什么。

“你想知道伊势湾台风的事，是吗?”报社记者问浅见。

“是的，务必。”

“那，你去我们报社吧。我给资料室打个电话，在接待处就说是听臧山说的。他们会让你进去的。”臧山说完就走了。

浅见听年轻的田中讲了去报社的路。

“臧山，‘臧’字怎么写啊?”浅见问道，田中笑了出来。

“他本名叫本山。每次喝酒的时候，下酒菜总是内脏，所以就有了这样的绰号。”说完，他又补充道，“嘴很坏，可人很好。”

2

托本山记者的福，浅见阅读资料很是顺利。

浅见随着伊势湾台风的相关文章的阅读，对灾害的可怕程度不禁哑然。二十多年前发生的这样悲惨的灾害，他却几乎不知道，让人觉得不可思议。

伊势湾台风是在昭和三十四年九月二十六日傍晚六点二十分在潮岬附近登陆，向纪伊半岛东部的北北东方向行进。气象台记录的最大风速为四十五点七米，可实际上瞬间最大风速达到了六十米每秒。

名古屋在晚上七点的时候，已经处于暴风雨之中。全市不久就开始停电。黑暗中一部分地区开始浸水，政府发出了避难命令。

然而，这个时候，不要说大部分市民，就是市灾害对策本部并没有认识到事态的严重性。市南部的堀川沿岸地区，地板浸水并不稀奇。

到晚上九点过后，满潮的同时，决定性的打击出现了。

名古屋气象台预测当天海浪的高潮约为两米，也呼吁要加强对高潮的警戒。然而，实际上的高潮远远超出了预测，达到了五点三米。名古屋的市民绝对信赖的名古屋港防潮堤决堤。一瞬之间，整个伊势湾都向名古屋市内冲来。

洪水从南区开始袭击港、中川，热田等名古屋南部各地，大部分民房沉没，房子里的人根本没有逃跑时间。

二楼以上的房子还好些，住在平房中的人只能爬到屋顶上。可很快，屋顶也被洪水吞没了。更多的房子倒塌，死亡人数不断增加。

扩大灾害的决定性因素是来自港湾一带的木材储存场里溢出的巨大木材。那些长十米、直径约一点五米的柳安材等随着高潮和强风，袭击了全无防备的民房。为此，近半数民房被毁。而爬在屋顶上等待救助的人们，在木材剧烈的撞击下，入水者不在少数。

这不过是本次灾害的一部分。至十月六日晚上十点，中部辖区警察局统计的爱知、三重、岐阜三县的主要受灾状况如下：

死亡人数：九百零七人

失踪人数：八百四十三人

负伤者：一万四千四百一十五人

全毁建筑物：二万六千二百三十一栋

流失建筑物：二千八百二十六栋

受灾家庭：二十五万二千八百五十八个

受灾人数：一百一十三万一千一百五十人

居然有超过百万的居民受到灾害袭击，足可谓空前绝后的大惨事。其他，沉没、流失的船舶大约一千六百艘。屋内浸水的房子约为二十八万栋。

在这次大灾害的中心位置，还有两位流浪的少年。

浅见离开报社后，又一次访问了飞岛村的“殉难之碑”。有塑像的大型塔的碑文无法判读，浅见首先选择了容易判读的碑文。这里没有塑像，占地面积以及规模都要小很多，碑文却鲜明易读。

> 昭和三十四年九月二十六日夜晚，被称为史上最大的伊势湾台风，以五十米每秒的烈风伴随着异常劲浪，袭击了本地。暴走的怒涛以瞬间五米七十的高度冲击海岸防潮堤，导致决堤。流失房屋一百三十二座，家财全毁，一百三十名飞岛村居民被夺去了生命。
>
> 高浪越过房屋。在黑暗和浊流漩涡中，父母呼唤子女名字的声音久久回响。

碑文还在继续，飞岛村的惨状与名古屋市不相上下。这从碑文就可以感觉到。

没有怀疑的余地了——浅见这样想着。台风来袭的当夜，当山林太郎和稻田教由两人刚好路过此地，也可能就在附近过夜。然后，发生了什么事。

六十米每秒的暴风，五米的高浪，黑暗中不断回响的悲鸣——在地狱的底层，两位少年到底遇到了什么——

浅见重新调整情绪，访问了一百米左右外的农家。

年轻的父亲和幼儿在庭院前玩球。

“伊势湾台风啊。我不太清楚。要不，你去问问乡公所叫阿部的人，他应该清楚。”

据说，阿部是当时青年团的团长，一直站在最前线进行救助活动。年轻的父亲将去阿部家的路线画在纸上。越过国道二十三号，开垦地向北走不多远就有个村子。村子里有一座用石屏围住的二层楼房，那就是阿部的家。

阿部是一位五十岁左右的瘦削男人，典型官吏。伊势湾台风发生当时，他已经在乡公所工作了。关于当时的救助活动，他的记忆是很深刻的。

“但是，关于两位少年，没有记忆啊。”阿部歪了一下头。

“这个村子大约百分之五的人都死了。身份不明的遗体，只有一位女孩。我记得后来也清楚身份了。”

浅见再次强调，台风来袭的当天，当山和稻田肯定来到了这个村子。

“这是一个小村庄，如果有不认识的客人到来的话，基本上立刻就会知道，也会传播。对了，两位少年是因为什么来到我们村的呢？”

“啊不，飞岛村不是目的。他们从四日市出发前往名古屋，途径这里而已。”

“什么？”阿部的脸上满是奇怪的表情。

“如果是这样，他们不会经过我们村子，应该更北。走国道——”

“北……”

阿部看到浅见没有理解的样子，立刻说：“啊啊，你还不知道吧？”

“过我们村子走的国道二十三号，在这里我们叫四国道，那是后来修的道路。台风当时，经过飞岛村的只有一条从国道一号分离、前往弥富町的道路。”

阿部展开地图作了说明。从地图看，确实，从龟山方面过来的是国道一号。它在四日市、桑名附近，几乎与现在的国道二十三号并行。过了桑名后，道路向北跨过长良川、木曾川时，再向北七公里。通过的是三重县的长岛町和木曾岬村；进入爱知县后是弥富町、十四山村。

很好的立意，却行不通。浅见有些失望。可是，阿部还在继续说：“我们村的惨状是很厉害的。木曾岬村居民有一成——三百人以上死亡。弥富町也死了差不多的人。而且，因为被木曾川的洪水冲走，很多人就此失踪了。”

“真的?”浅见情不自禁地叫了起来。而下一个瞬间，他的脑袋像是被这个声音刺激了似的，想起了重要的事情。

“我太蠢了!”一阵颤栗穿过浅见的身体。“对不起，我想借电话用一下。”

“电话?”阿部有些不悦。

“性命攸关。拜托了。”

许是被浅见的样子吓坏了，阿部慌忙带他去了电话机那里。

母亲雪江接了电话。

“我是光彦。那个，佐和出门了吗?”

“是啊，早走了。一点约在南青山……见面的。”

这时已经是一点十分了。

“我挂电话了。”浅见一边说，一边放下话筒，赶快从笔记本中找出麻布署的电话号码。

西本刑侦部长不在。“外出调查去了，暂时不会回来哦。”话筒里传来一个中年人的声音，冷淡地说。

“那么，谁都可以，请您紧急安排。”

“出什么事了?”

“请尽快去南青山的公寓——优美南青山。”

“优美南青山?”话筒里传来诧异的声音。

“如果是优美南青山的话，刚才接到一一〇报案，我们署长以下的人都去了。你说的是其他事件吧?”

“什么?那个，是多岐川萌子女士的房间吗?”

“是啊，多岐川。”

“那里，出什么事了?”

“还没有消息传来。好像是伤害事件。据说，有女性被刺了。”

“被刺?”浅见像是自己被刺似的，发出了悲鸣。“那么，伤害程度如何?”

“一一〇报案时，说受害人呈死亡状态。”

“死亡?”全身的力气像被抽走了似的，浅见的右手撑在了电话台上。“还是晚了啊。”

“喂喂、喂喂——”话筒里传来了呼叫声。

“啊，对不起。被刺的谁?嫌疑人怎么样了?”

“是不是嫌疑人不知道。不过，现场确定有一位女性遇害。”

那么，多岐川萌子没有逃走了。“谢谢。请允许我过后再联系。”

“喂喂，既然你认识受害人，能到署里来一下吗?”

“是的，我会去的。目前我在名古屋，大约要五六个小时才能到。”

“名古屋啊。不管怎样，你来吧。”

“我明白了。”

好不容易打完电话，浅见坐到了地上。如果旁边无人的话，他肯定就会哭了。为什么那时没有阻止佐和呢？现在怎么后悔都来不及了。此时，浅见完全陷入了自责之中。

本来，稻田教由还活着什么的都不过是假设。那个时候，状况并没有改变。因此，听佐和说“去见叔叔”的时候，他完全相信了，没有一丝怀疑。要是对“如果教由已经死了”的假设更用心些的话，很容易就能识破多歧川萌子设的骗局——

走上归途的浅见，心中被失去佐和的悲痛和对自己愚蠢的愤怒占满。他驾着车，好几次忍不住痛哭起来。

3

现在的麻布警察署人仰马翻。浅见将车停在门前的停车场后正想往署里赶，却遇上了认识的新闻记者。

“呀，浅见，来得好早啊！”他轻松地与浅见寒暄道，“美人之间的杀戮，有趣的话题哦。然后是名侦探浅见出场，演员就齐了。”

浅见拼命抑制不断涌上来的愤怒，艰难地苦笑了一下。

警察署内的警戒比平时更严，在入口处就被盘问了。浅见才说是从名古屋打电话来的人，刚才通话的米村巡查科长就飞跑出来了。

“啊，原来是你啊！快点！先见见受害人吧！马上要送去医院了。拜托了！”米村在前面带路，向遗体安置处走去。

窗外已是黄昏，走廊上照明用荧光灯昏暗的光线也带着一种悲伤的气氛。

打开漂浮着线香味道的房门：“请！”米村让浅见先进。

盖着白色尼龙布的遗体，就放在房间中央铺着尼龙的寝台上。枕边白色的木台上供着香和花，尽着一些对死者的礼仪。

“失礼了。”浅见对米村行了一礼，再对遗体行了一礼后，走近了寝台。浅见在寝台边双手合十，再次低头时，不知不觉，眼前模糊起来。

然而，浅见揭开盖在遗体上的白布时，对于眼前的意外，显得茫然无措了。

“多歧川——萌子。”躺在白布下的竟然是多歧川萌子带着不甘神情的脸。

“这，到底是怎么回事?”将白布盖了回去后，浅见盯着木村问道。

“怎么回事指的是什么?”老好人的巡查科长将手放在头发有些薄的额头，睁大了眼睛。

“受害人是这位女士吗?”

“是的。”

“但是，刚才在电话里，您不是说确认了像是嫌疑人的女士?”

“是啊。”米村重重地点了一下头。

浅见的脑子有些混乱，不断用手挠着自己的头发。“不会吧?”

浅见无语。怎么会有这种蠢事发生呢?“那位女士被逮捕了吗?”

“那个，目前作为不法入侵住宅的嫌疑人和杀人事件的重要证人被带回署里，正在审讯中。”

“能让我见见她吗?”

“什么?”

“那位女士是叫稻田佐和吧?”

“是的。你认识?”

“我女朋友。”浅见脸上带着沉痛的表情，清晰地说道。

米村慌忙将浅见带到了刑侦部。空阔的房间里面桌边，坐着身穿藏青色西服、身材强壮的男人。接到米村的报告，他立刻站了起来。“我是刑侦部长根岸。”

好听的男中音。根岸请浅见坐了下来。

“我是浅见。”

“啊?”根岸用不可思议的神情看着浅见。

“刚刚才联系，来得好快啊。”

“联系?啊，那是我家里联系的。我才从名古屋回来。那么，您已经和我家里联系了?”

“是的。一位年长的女性接的电话。是你母亲吧?”

“应该是吧。”

“啊，嫌疑人很是顽固，怎么也不肯将联系地告诉我们，说是不愿给你们家带来麻烦。”

“那么，我母亲要来吗？”

“不。说是会让儿子过来。是你吧？”

“不是。应该是我哥哥。”

糟糕，浅见想。如果兄长出现在这里的话，就会成为记者们绝好的猎物。

“请让我打个电话。”浅见急急忙忙拨通了警事厅的电话。“请接浅见刑事局长。”

根岸部长惊讶地盯着快速讲电话的浅见。

浅见的兄长阳一郎已经离开警事厅了。浅见又急急忙忙往家里打电话。

须美子才接通电话，一旁的雪江立刻将话筒夺过去。片刻之后，话筒里传出雪江严厉的声音。“光彦，你在哪里啊？佐和小姐出事了。”

“我知道了。我已经在麻布署了。那个，你和哥哥联络上了吗？”

“没有。他已经离开了。”

“啊，那就好。那么，不用哥哥来了。这里记者不少。我自己会处理的。让你们担心了，对不起。”

“到底是怎么回事？”

“详细情况还不知道。等我弄明白后，立即联系你们。”

像是在等着似的，浅见才一挂电话，根岸立刻郑重地问：“浅见先生是浅见刑事局长的弟弟吗？”

“是的。是不肖的弟弟。”

“据说，您是私人侦探？”

“模仿而已。”

“是吗，是那位浅见先生啊。呀，您的事我可听了不少。广岛县的事件解决得很是漂亮啊！”

对浅见来说，现在可没有聊天的心情。“这是什么性质的事件?”

“目前还在调查中。暂时作为伤害致死事件来处理。”

“也就是说，稻田佐和刺了多歧川了?”

“是的。”

“对不起，能不能请您说说当时的详细情形?”

“唉，事件发生在下午一点八分。”根岸看着记录说道。“优美南青山的居民打的一一〇。现场附近的PC（巡逻警车）立刻赶了过去。报案的内容是，‘年轻姑娘好像杀了这里的居民’。那位姑娘站在受害人的门边发呆，所以立刻确认了她的嫌疑人身份。”

“确认”是警察用语，基本上是指逮捕的意思。

“根据目击者所说，报案前，她刚好路过凶杀事件发生的房间。听到惨叫后，房门立刻打开了，年轻的姑娘冲了出来。她突然说：‘死了！’”

“是说的‘死了’，不是说‘杀了’?”

“是的。说的是‘死了’。我看了看里面，起居室的门开着，能看到女人躺在地上。想到这可是大事，我立刻回到自己的房间，打了一一〇报案。”

“但是，那也不能说稻田佐和就是嫌疑人啊。而且，她说的还是‘死了’。”

“确实是这样。调查才刚开始，我们也还没有最后断定嫌疑人。”

“但是，听米村先生的意思，她是作为现行犯逮捕的。”

“是的。根据PM（警察官）的判断，是这样做的。这是有理由的。”

“理由？”

“她拿着看似凶器的短刀。”

“短刀，是吗？”

“是的。刀是装在刀鞘里，可刀身上有血迹附着。”

“但是，她不可能有那种东西的啊。那是从哪里来的呢？”

“目前还不知道怎么来的。嫌疑人说，刀是在玄关捡到的。可刀上只有她一个人的指纹。”

“原来如此。”浅见多少有些安心了。这样程度的证据，无法证明佐和就是凶手。

“怎么样？能让我见见她吗？”

“是啊，既然是浅见先生要见，可以。不过，条件是必须我在场。”根岸首先站起来，走了出去。

在审讯室门前，浅见做了几个深呼吸。

佐和害怕的眼神瞥到了跟在根岸后面进来的浅见。“啊，浅见先生。”她像是寻求救助似的站了起来，风采尽失的容貌，好像一下子老了十岁。

“呀！”浅见微笑着打了招呼。

他注意到，主持审讯的是西本警官。看到浅见，西本皱了皱眉。

“出了这样的事，实在对不起！”浅见一开口就表明了自己是佐和“保护者”的立场。从法律的角度来说，佐和还属于少女。

“请让我和她谈谈！”浅见提议。

根岸示意明白了。西本和部下一起走出了审讯室。

浅见代替西本，坐在佐和对面的椅子上。“出什么事了？”像是医生对患者的口吻。

“不是我，真的不是。”佐和的眼睛里涌上了泪水。

“从事情发生的那一刻起，按顺序一一说明。不要激动，慢慢来！”

佐和点了点头，浅见笑着鼓励她。

“你是一点多钟来拜访多歧川萌子的吧？”

“嗯，她让我一点整去。所以，我看着手表，一点整的时候按响了她的门铃。但是，没有回音。按了几次后，我才注意到门是开着的。所以，我什么都没想，拉了把手，走进了玄关，并捡起了脚边一个棒形物。”

玄关有些暗，无法立刻判断那个棒形物就是短刀。但是，那个时候，佐和还没有想到会有这么大的事情发生。

“房间开着灯，还能听到水在沸腾的声音。我往屋里招呼了两声，又等了一下。然后，我从起居室里开着的门缝中看到女人倒在地上的身姿。我当时还在想，多歧川会不会是病了，晕倒了。”佐和闭上了眼睛，像要甩去讨厌的东西似的摇了摇头。

“所以，你就进了房间？”

“嗯，进去后，我打开了里面的门，就看到多歧川倒在那里，身体下面都是血。我立刻就知道，她已经死了。她的眼睛还睁着，可一动也不动……了。我想到要告诉谁，冲出玄关的时候刚好有男人路过。我记得我好像是说了‘死了’这样的话。”

“是的，你是这样说的。你看到多岐川的尸体时，有没有叫出声来啊？”

“应该是叫了的。”

“你将访问多岐川家的目的告诉警察了吗？”

“是的，可是警察好像没能理解。”

“是嘛。那么，这件事由我来说明吧。你不要太担心，按照警察说的做就好。我等一下再来看你。”

浅见从西本那里听到与佐和说的完全一致，便松了一口气。看来，佐和没有说谎。

然而，警察方面并非如此单纯地接受佐和的说法。

“浅见先生，很对不起。目前稻田佐和的嫌疑非常大。还没有目击除了她以外的可疑人的情报。”西本虽然不无困惑，可还是清楚地说出了目前的判断。“而且，从状况来看，也是这样的。那天，她们好像也有争执。根据她的会见动机来看，她的叔叔好像还活着。向她确认的时候，她的回答却很奇怪。我们调查了一下，她的叔叔两年前已经去世了。她是不是有被害妄想症啊？”

“不，不是这样的。”浅见简要地将至今为止的事情经过作了说明。因为事情太过复杂，西本和根岸还是不能全部理解。

“那么，不会将她拘留吧？”浅见小心翼翼地问道。

“不，目前的状态，她是无法释放的。就算是浅见你，也会这么做的。快的话，今晚就会提出逮捕令的申请。”西本在胸前交叉着双臂，一副无法通融的姿态。

这时，没想到户冢署的桥本刑侦部长走了进来。他似乎与根岸是老朋友，微微打了个招呼，立刻就转向了浅见。

“出大事了啊！一听到多岐川萌子被杀，我立刻赶了过来。听说，杀她的是浅见你认识的人。这，到底是怎么回事？”

“不，她是不是嫌疑人还不能确定。她叫稻田佐和。与其说是我认识的人，还不如说是稻田教由的侄女。”

“什么？”桥本被吓了一跳。“怎么，是复仇吗？”

“桥本，你怎么也这么说。请不要如此匆忙下结论。那个，我昨天去名古屋了，有了重大发现。”

“名古屋与这个事件有什么关系吗？”现在可不是悠闲地讨论这些的时候，桥本愤恨地想。

“当然有关系了。今天事件的发生，在于多岐川萌子将佐和约来家中见面。理由则是佐和的叔叔，也就是稻田教由想与佐和见面。”

“什么？这是真的？稻田终于出现了？”

“我在电话里听到这件事的时候，也是这样想的。然而，之后便知道了意外的事。”浅见停了一下，舔了一下发干的嘴唇。

“我想，稻田教由、当山林太郎与家中失去联系的昭和三十四年九月末，一定在名古屋遇上什么事了。”

“昭和三十四年？好久以前的事了。但是，从你的判断来看，这与他们断绝音信有关——发生了杀人或什么未决事件吗？”

“说实话，我也是这样想象的。现实却是发生了更大的事。昭和三十四年九月二十六日，伊势湾台风袭击了名古屋附近，有五千以上的死者、失踪者。”

“伊势湾台风?”

“是的。由此，我终于知道了稻田教由从那时之后失去消息的理由了。稻田，在那天，就死了。”

“什么？稻田死……了吗，在伊势湾台风中?”

在浅见从名古屋带回来的新的假设面前，桥本刑侦部长困惑不已。

“稻田教由已经死了二十年以上了？这到底是怎么回事?”

通常，都说警察官最缺乏的就是柔软性。像桥本这样的老手，更是常见。一旦心中认定的事实在新的信息与发现面前需要重新认定，就是他们最不擅长的了。

以稻田教由为主角构成的这个事件，可实际的舞台上并没有稻田教由。之所以会这样，是因为他陷入了没有剧本的错觉中。

“那么，当山的死，还是自杀了?”

果然，桥本不过是在痴人说梦。

“不是的。”浅见不知不觉大声道，“与其说是自杀，不如他杀的证据来得更为强烈?”

“啊，是这样的吗？但是，没有嫌疑人啊。”

“那么，桥本先生，南品川稻田教由公寓的指纹出现在当山家的话筒上的事实，又如何说明?”

“原来如此。如此看来，稻田教由果然还活着。嗯，什么？怎么回事？”桥本试图理清思路，可越说越觉得混乱不堪了。

“也就是说，他们把已经死亡了的稻田教由再次杀死，为了诈取保险金。”

“杀死一个死人？”

“是的。为此，有必要让死者复苏，让户籍变得清晰。南品川的总统套房就是为此存在的。”

“那么，住在南品川公寓里的是假稻田了？”桥本终于理解了浅见所指。

“就是这样的。而且，也是那个人杀死了当山。如果这样考虑，一切都能说得通了。“海花号”事件后，那人就当什么都没有发生过，回到原来的住所继续生活就可以了。”

“是什么人，那家伙？”

“还不清楚。我们不过才刚做了假设而已。但是，不管怎样，稻田失去音信了，他死亡的事实完全能够说明。”

“嗯。伊势湾台风中当山活下来了，他为什么要隐瞒稻田的死信呢？”

“这个我就不知道了，肯定是有什么特别的理由吧。”

“是嘛，稻田已经死了啊。”

“肯定没有错。我了解到这一事实的时候，也吓了一跳。稻田教由在那个时候已经消失了，那么，佐和要见的‘叔叔’到底是谁呢？”

桥本“啊——”的叫了一声，倒吸了一口气。然后惊呼道：“陷阱，啊？”

“除了这种可能，无法再作他想。所以，在事件发生的最初，我还以为被杀的女性是佐和小姐呢。但是，事实刚好相反。被杀的是多歧川萌子，佐和被捕了。嫌疑人的陷阱可谓一石两鸟啊，巧妙得很！”

“可是——”根岸终于忍不住插话道，“有这方面的证据吗？”

“这会儿还没有。不过，一定会有的。”

“哦，那又怎样？而且，去见叔叔这些都是稻田佐和单方面的说辞，缺乏可信性。从目前搜集的证据来看，稻田佐和拜访多歧川萌子时，两人之间发生争执，最后刺伤以致死亡——这样的过程推导是最为妥当的吧。当然，不像是事先准备了凶器，也不认为她最初就有了杀机。犯罪的动机、当时情况有没有正当性等，就要靠今后的调查了。但不管怎样，稻田佐和是嫌疑人这种假设暂时是不会错的。”根岸刑侦部长很有信心地说。

浅见沉默了，眼神与桥本之间有几秒钟的对视。

第三个男人

1

从麻布署出来的时候，已经将近晚上十点了。不能“救出”佐和，浅见心情沉重，感觉非常疲劳。母亲和兄长忧郁的脸在眼前闪过。

浅见慢慢驾着车，像个傻瓜似的尽量拖延回家的时间。

车在平冢神社前停了下来。然而，有名的团子糕点铺早就关门了。街头只是亮着路灯，在地面上兀自投射寂寞的光影。

浅见下了车，一边往社殿方向走去，一边思索着。光叶榉树、米槠这样的巨木茂盛之处曾是浅见小时候理想的游玩地。

想想，他差不多有二十年不走这条路了。

故乡啊——以往，浅见对东京人没有故乡意识的说法并无抵触感。现在，在这里，浅见突然有了故乡的感觉。据说，人类处于困境之时，总是会涌出望乡的念头。他想到，现在，佐和的灵魂一定飞往故乡藤之川了，就觉得她很是可怜。

在浅见看来，佐和杀害多岐川萌子的想法本身就很傻。然而，当你真的要提出反证的时候，却会发现那很难。目前，警察对佐和的供述持有怀疑。要想证明佐和的清白，就要像切掉蜥蜴的尾巴一样，找出那个杀害多岐川萌子后逃走的“第三个男人”。

但是，现实是，全无“第三个男人”的任何线索。有的只是当山家和南品川公寓采样的指纹。萌子家中也有遗留指纹的可能性，但浅见对此基本不作期待。即使留有指纹，要从没有前科的指纹查找指纹主人，几乎是不可能的。

房东婆婆和保险营业员等人见过“稻田教由”。但是，是否能由此制成鲜明的蒙太奇照片，还是一个疑问。记忆已经变得模糊，而且，警察是否能花力气在这个作业上也不知道。因为，“稻田是替身”的说法不过是浅见提出的假设而已。

不仅如此，就是浅见所说的南青山事件是“第三个男人”犯罪推断，被警察认可的可能性很小。

到末了，“第三个男人”就只能靠自己来寻了。浅见对整个事件有了如此觉悟。

不知不觉，他已经来到社殿前。浅见居然前所未有地向香资箱里投了零钱，朝社殿行了拜礼。

突然，浅见想到这个神社供的神是源义家。为平家的后裔佐和的平安无事，向源氏家族的神祈祷，似乎有些说不通。想到这里，浅见的脸上不自觉地浮起了笑容。

穿过社殿左侧，有通往后山的捷径。以前经常走的小路，旧颜未改。

浅见难免脚步犹疑，战战兢兢地走上了通往后山的小路。他感觉，在黑暗中找路，与毫无线索却强要追寻“第三个男人”的作业很是相似。

以为没有人的后山，传出了说话声。无意识地，浅见放轻了脚步走路。

是一对男女在争吵的声音。“不行啊。”女的说。

“没关系啦。”男的不放弃。

看来自己来得不是时候，浅见苦笑起来，停下了脚步。现在可不是思考的时候。浅见转身时，听到了有人说“等一下”。他不禁停下脚步。会话还在继续。

一个看上去像是少年的声音说道：“啊，好啦，雅惠。”

浅见有些害羞了。之后，强烈的冲击袭向了浅见。

“不行啦，你烦不烦啊，善！”

浅见像被人从背后敲了一棍似的，脚不会动了，差点儿跌倒在地。

“你烦不烦啊，善。”这个声音不停地在浅见脑海中回响。

多次给多歧川萌子打电话未果，终于接通之后对方最初蹦出的话与这个声音如出一辙。善是什么人？

从亲密和无情共存的语气中可以想象，萌子与善的关系不是那么普通的。善才是他要找的“第三个男人”吧?

这个疑问急速在浅见心中扩展开来。

第二天晚上，浅见访问了萌子在银座六丁目的店——女优。他本以为这个店肯定会关门休业，没想到却是顾客盈门。都是以美女老板死亡真相为佐酒菜，来大喝一通的。

浅见问了酒保和几位小姐，看有没有人知道善这个名字的。

“没这个人。”大家异口同声地回答。酒保和出入俱乐部的商店人员等都说，客人中没有这样称呼的人。

“妈妈桑是对礼仪很严厉的人，一直关照我们，不管如何亲近，都不可以用昵称、绰号叫客人。”

这样的妈妈桑，没理由会自己称呼客人善。

小姐说着，突然涌上了眼泪。

“萌子女士是好妈妈桑吗?”浅见问道。

“是啊，虽然很严厉，可也能理解小姐们的辛苦。对成绩不好的小姐也很好。”

离开女优，浅见又去了沙露。萌子被杀在这里也成了话题。妈妈桑惠美还记得浅见。

“还是为真弓的事?”惠美抢先问道。但是，善的线索在这里也是一无所获。惠美也帮忙在职员之间询问了，还是无人知道。

“这个善是什么人?”花了很大力气帮忙查找的惠美，终于问道。

“和萌子很亲近的人。可怎么调查，都没有找到这个人。”

“或许是婚后交往的人？”

“呃，或许是吧。”浅见无法回答。也不可能说，他就是萌子结婚的对象。

“如果是这样的话，或许是萌子丈夫的朋友什么的？”

“不，这绝不可能，我想。”

有可能是当山那边的朋友也说不定——

说起来，捏造稻田教由的身份、一手策划保险金诈骗案的除了当山林太郎，没有其他人。也就是说，当山上演这一出自编自演的戏，必须要包括自己在内的三位“演员”。如果由当山来选择演员，“稻田教由”的角色该是当山认识的人，而非萌子认识的人，或者说，前者的可能性更大。

第二天，浅见访问了早稻田的旧书店富冈。店主是当山的咖啡店藤之川常客中信息最灵通的。浅见询问了店主的姓名，叫富冈圭一。

“在藤之川，都称您为圭吧。”浅见试探着问道。

“是啊。你怎么知道的？确实，在藤之川，常客之间相互亲近后会这样彼此称呼。店主是太郎，还有小三、淳等。”

“有没有叫善的人？”

“善，有啊。”

“什么？有这个人？”浅见的声音不禁有些颤抖起来。

“是啊。也是常客之一。好像是做翻译工作的。就住在附近的公寓，可今年三月的时候搬走了。”

“名字。知道他姓什么吗？”

“伊藤——好像是这个。对，就是伊藤。”

“伊藤……”

这是哪里都有的常见姓氏。可在这个事件中，它还是头一次出现。

“叫伊藤善幸。我们还开玩笑说，他的名字像总理大臣的名字。”

“那位伊藤是一个怎样的人?”

“很安静、认真的人，不怎么起眼。与我不同，他不喜欢出风头，和太郎挺合得来，关门后有时会一起去喝酒。”

“是独身吗?”

“是独身。呀，没准那人还是童子呢。大家都这么猜测。”

“大概多大年纪?”

“不太清楚。三十八九岁左右吧。”

这个年纪与浅见想象的相貌很是相似。

请教了旧书店店主线路后，浅见去伊藤以前住的公寓看了。在印刷、装订的小工场林立的街道一角，有着蓝色油漆剥落的木头结构的旧公寓。入口处挂着“曙庄”的牌子，怎么看都是一个落魄的样子。

进门后第一间是管理员居住的房间。

头发稀少、瘦削的老人是管理员。可能性格很好吧，始终笑眯眯地应对一切。

“伊藤啊，三月中旬就搬走了。”

“好像是这样的。那么，您知道他搬去哪里了吗?”

“说是回家乡去了。呃，好像是长野县吧。”老人走到里间，拿来了地址本。

“果然是这样。长野县小诸市糠地。”浅见将这个难念的地址写在笔记本上。

“伊藤是从什么时候开始住在这里的？”

“那可是很久了。我来这里不过十四五年前，伊藤可是更早时候的主人了。在这里住了将近二十年了吧。听说，从还是早稻田大学的学生时代就开始住在这里了。”

“哦，他是早稻田大学出身啊？”浅见有些意外。早稻田毕业，却住在这种地方，很少有。

“听说他是做什么翻译工作的吧？”

“是的。开始的时候，他去公司工作，还是一流企业，可似乎不顺利。这样，十年前，不，更早了吧，得了神经过敏，经常休假，不久就辞去了工作。之后，才开始了翻译工作。”

“像是安静、认真的人。”

“正如你所说，作为结婚对象，可是让人安心的那种。”

管理员还认为浅见是信用调查所职员。

“冒昧打听一下，四年前，伊藤先生有没有与平时不一样的地方？”

“与平时不一样的地方？”

“嗯，例如，常常不在家什么的。”

“啊，那么说来，有段时间他工作很忙，常常出差，时不时地不在家。据说，他还为此装了录音电话。不过，这只是一段时期而已。”

“大概两年左右吧？”

“噢，你这样说的话，好像确实是差不多的时间吧。”

大体上是令人满意的结果。浅见离开后，驾着爱车，直接往长野方向去了。

从关越高速到高崎，从高崎开始是国道十八号。此时，碓冰山巅、轻井泽还是一片新绿的季节。到小诸就是下午三点左右了。看了看地图，浅见转入右边的坡道。弯弯曲曲往上的坡道两侧是水稻田。这里才刚刚开始插秧。倾斜地形成的水稻田，每块面积都很小，从高处看，像是鲤鱼的鳞片。

穿过星星点点开着花的金合欢树的隧道，浅见驶上了通往苹果园的道路。有一个住宅集中的地方，可以看到挂着“学生村”的牌子。苹果园那边像是网球场地，估计是夏季的民宿村吧。浅见在村庄中央附近问了过路的农夫，说伊藤家还在前面。

“只有一家，很容易找到。”

经过整修的道路断了，小道成了石子路。左右两侧的唐松林令人压抑，温度登时下降了。

驶过几个陡峭的坡道后，有田地在树林中扩展。田地本身是倾斜的，更为倾斜的是窄小地方建造的像小屋一样的房子。浅见在庭院前停下车，一旁散步的鸡见了人也不惊讶。浅见下车时，从昏暗的房子里走出来一位老人。他穿着粗糙的工作服，脸上胡子拉碴的，泛着银色。老人毫无表情地盯着浅见。

“请问是伊藤善幸先生的家吗？”

“伊藤是我家，善幸不在哦。”

“出门了吗?”

“不，他一直在东京啊。”

“听说他从东京搬回来了。”

“没有回来。”

“啊?”

“你从东京来?”

“是的。”

“是善幸的朋友吗?”

“可以这么说吧。”

模棱两可的回答首次让老人露出了怀疑的神色。

浅见问道：“您是善幸先生的父亲吗?”

“是的。”

“那么，您不知道善幸先生已经搬家这件事了?”

“嗯。这几年都没有信来。”

“那么，您只知道早稻田的地址了?”

“是的。”

“他一般不回来吗?”

“回来能干什么，这样的家?”老人用自嘲的眼神环视着荒凉的田地。

“荞麦田啊。”

“啊。只能生长荞麦和土豆的土地。从满洲回来开垦的时候，还有几户人家。现在，就剩下我们一家了。怎么也没办法的土地。但是，也没有地方可去。年轻人出去还能有些出息，年纪大了，什么都不行啊。”

“您就只有善幸一个儿子吗?”

“还有次子在町里的木材工场工作。善幸学习很好，考上了早稻田的夜间部，也进了一流的企业，还说到时叫我们去东京呢。可不知什么时候就都不再提了。工作也辞了，也没法结婚，大概很艰苦吧。”

“但是，大概两年前，善幸先生工作繁忙，听说赚了不少钱。”

“啊，那个啊。那是大概四年前，他说找到了可以赚很多钱的工作，还可能结婚呢。不过，之后就——可能还是不顺利吧。”

突然，老人说道：“请进。喝口茶吧！”脸上满是期待的神情。

“谢谢。我也要赶回去了。”浅见怕再呆下去，就会产生感情。

“是啊。年轻人干什么都喜欢急急忙忙的。怎么赶，回去的地方只有一个而已。”

对年老的农夫来说，这是很是含蓄的说辞。从将儿子送去上大学就不难想象，老人曾经在满洲过着相当不错的生活。在浅见不知道的那个时代，不到万不得已，老人也不会开垦如此偏僻贫瘠的土地，过着贫困难耐的生活。

这里是现代的隐居地啊——

突然，在浅见的脑海中，藤之川的稻田广信老人和眼前的老人重叠了起来。

“见到善幸请告诉他，什么时候都可以回来。”看到浅见坐进驾驶室的时候，老人说。

“一定转告。”浅见答应着。可是，伊藤善幸是否还有回故乡的日子，浅见难以肯定。

下了坡道，在林边要转弯的时候，浅见回头看到，老人还站在那里目送他离开。

2

进入小诸的市街后，浅见给户冢署的桥本刑侦部长打了电话。

“请调查一下，曾住在早稻田名为‘曙庄’的公寓里今年三月搬家的叫伊藤善幸的人的现住地。”

“什么?”

“详细的情形回去后再解释。现在，我在小诸。不管怎样，请尽快调查。”

“但是，这个伊藤到底是什么人?”

“还不能完全确定，应该是稻田教由的替身。”

“什么？那么，终于找到啦?”

“呀，不是说了还不确定吗？所以，才要你调查啊。”

“明白了。马上调查!”

“啊，还有，伊藤对管理员说是回家乡了。可他实际上并没有回到故乡的长野县。”

“原来如此。说的假话啊。很可疑啊。”

“所以，他的现住所要从搬家公司或电话局……找。”

“浅见，之后的调查就交给我们了。好歹我们还有警察这个招牌。”

“啊，失礼了。”

“啊哈哈——等你回来的时候，只要他没有逃到国外去，肯定能找到他的住址。”

果如桥本所说，等浅见在户冢署露面的时候，已经知道了伊藤的现住址。桥本神情紧张地迎接了浅见。

“太令人吃惊了！你能猜出这个伊藤搬到哪里去了吗？”

“看你的语气，肯定是很令人意外的地方了。”

“实在是太意外了！”

“好啦，不要再吊我胃口了。”浅见笑着催促道。

桥本还是以很可怕的神情点了点头。“他搬去了优美南青山。”

就是浅见，也没有料到会是这样。

“而且，多歧川萌子被杀的时候，打一一〇的男人就是伊藤善幸。”像是要让浅见掉入惊愕漩涡似的，桥本继续说道。

突然，浅见笑了起来。从心底涌上来的可笑感觉，让人无法抑制。

真是的，如此简单的事，为什么会没有想到？浅见感到不可思议。他笑着的同时，眼泪也涌了上来。

五月七日，两位警察访问了住在优美南青山三〇二室的伊藤善幸。一位是西本警官。他之前与伊藤见过面。再次相见，伊藤就轻松地打起了招呼。“那天辛苦了。今天还有什么事吗？”

“是啊。有东西想请您看看。能跟我们去一趟署里吗？”

西本毫无感情的口吻让伊藤很是介意。“怎么办，我还有要赶的工作啊。”

“用不了太长时间的。还请尽快跟我们去吧！”

完全不容辩驳的姿态让伊藤的反抗心立刻消失了。

伊藤换上外出衣服，准备走出房间时，好像忘记了什么似的，再次回头看了看房间。此刻，像是要远行的寂寥袭上了伊藤的心头。

“让你们久等了。”他装作很爽朗地说着。

两位刑警满脸严肃的神情，左右挟持伊藤似的，往警车走去。

“怎么好像是被逮捕了似的。”坐上警车时，伊藤在意往来人们的视线，故意大声说。

到了麻布署，伊藤被带到像是接待室的房间。他本以为会被带到审讯室，因此，多少有些松开眉头了。

屋子中央，大大的沙发和四把扶手椅围着一个粗糙的桌子。

“请在这里等一下！”

西本让伊藤在扶手椅上坐着，留下下属监视，自己走了出去。

过了五六分钟，一位男子走了进来。他穿着整齐的西服，似乎不像刑警。男子在伊藤对面的椅子上坐下，轻轻地点了点头。

伊藤也不自觉地点了点头。

在哪里见过——伊藤这样想着。

此时，男子脸上也露出了怀疑的神情。

又一位穿着差不多服装的男子出现了，在前面那位男子的身旁坐了下来。那位男子他似乎也在哪里见过。先到的那位男子诧异地看着这边，好像在回忆什么的样子。

再进来的是一位中年女性。苔绿色的三件套，似乎很累的样子，拿着一个不相称的包，完全像是保险公司的大姐。

想到这里，伊藤感到自己的脸上没有了血色。包括女人在内，眼前三人的记忆，一下子在他那里全部复苏了。他身体感到了令人发抖的寒冷，额头却不断流下冷汗。

第四个人进来了。是微微有些发胖的老妇人。在空着的扶手椅上坐了下来。然后，她注意到了伊藤。

她眼睛直直地盯着伊藤，张着嘴，终于叫了起来："你，不是稻田吗？"

伊藤摇摇晃晃站了起来。"不。我叫伊藤。"

"你说什么，你不是稻田吗？"南品川公寓的房东噘着嘴。保险公司的三人也站了起来。

伊藤倒退着离开椅子，往门口退去。

"请不要离开房间。"身材高大的刑警将伊藤推了回去。伊藤举起拳头，绝望地试着突破。刑警轻松地避了过去。

伊藤跪在了地上，门在眼前打开来。根岸站在前面，后面还跟着几位刑警。

"伊藤善幸，你有保险金诈骗和杀害当山林太郎及多歧川萌子的嫌疑。你被逮捕了。"根岸郑重宣告道。

伊藤善幸比想象的还要坦率，全面供认了罪行。

主审的西本警官对如此胆小的男人会如此大胆地犯罪，实在无法相信。

“全都是托浅见先生的福!”根岸向参加调查会议的浅见低头致意。“你能识破杀害多歧川萌子的凶手是伊藤，真是佩服!”

“那不过是凑巧。”对于浅见来说，善这个人最终被突破，确实是极偶然的了。“说真的，当所有嫌疑都集中到稻田佐和身上时，就该想到——嫌疑人是公寓的居住者，尤其是目击者的可能性更大。”

“哦，那又是为什么?”

“佐和成为嫌疑人的最大理由是犯罪发生前后，那个公寓无人出入。由此，大家才要怀疑佐和的供述。如果反过来，相信佐和的供述是正确的，嫌疑人便是事件发生后并未离开公寓的人，也就是说，就是居住者。可是，警察并不认可佐和的供述；我却不相信无人出入公寓的事实。看来，相互信赖不够。”

“那是。要我们和浅见你一样相信稻田佐和，那怎么可能。当然，她的魅力让人无法不相信。”

根岸的玩笑惹得哄堂大笑。所有人都对浅见光彦抱有好感。

“即使这样，伊藤与多歧川萌子同住一个公寓或者同一个楼层，说大胆吧是大胆，却多少有些鲁莽。”西本警官叹息着说。

“这只能说是爱的力量啊。”

不应景的话语，又招来了笑声。

“呀，这可不是可笑的事。按常识来说，真是不可想象。”

“或许正是西本所说的也说不定。”浅见淡然道。

“伊藤这个男人可是相当爱慕萌子啊！一定是现在少有的纯情之人。”

他的这一观察与推测无疑很是正确。

从当山第一次介绍萌子的时候，我的心就被萌子夺走了。伊藤是这样回忆的。

伊藤伪装成稻田教由，再与多歧川萌子假婚。当时，当山并没有向萌子说明稻田教由的真实身份。

当山林太郎向伊藤提出“保险金诈骗”计划，是在四年前的正月。

那时，伊藤辞了贸易公司的工作，在家里接翻译的活来做。这样的生活已经持续两年了。伊藤的性格非常内向。因为这个原因，换了好几个公司。他翻译工作的收入不过二十万左右，住在便宜的公寓，不要奢侈，一个人过还是足够的。

伊藤并不是独身主义者。可到了三十五岁，一次也没有出现往结婚方向发展的“状况”。作为男人，他也拥有一般人所有的肉体，与女性的交往到一定的程度就不再有进展，才开始想为什么对方都会暗中拉开距离，慢慢与他就疏远了。当女性开始不讲话，脸上挂着暧昧微笑的时候，就是变心的征兆。这也是伊藤几次经验后的体会。

其实，女性会有这样的态度，不过是伊藤自身僵硬、扭曲的心理投影而已。估计，也有些向他显示风情的女性。可这些姿态，都被伊藤当作变心的征兆。就这样，所有的事他都以消极的态度去对待，女人缘就越来越薄了。

对当山来说，发现伊藤这样的人，就是他实行计划的契机了。他独身，有自由的职业，认真又内向的性格，年龄，还有他的外省出身身份、在东京没有负担等都符合他要的条件。

当山的“计划”很有说服力。比什么都让伊藤动心的是，当山说的，他只拥有百万分之一失败的机会。

保险金诈取在伊藤的认知中只有两种方法。一个是杀害被保险者的方法；另一个是伪装被保险者死亡、潜伏的方法。不管是哪个方法，成功率都很低。可当山的计划是，为已经死亡的人投保，然后事故死。而当山拥有这个“条件”。

还是少年的当山，劝诱稻田教由一起背井离乡，准备去都市奋斗一番。在前往名古屋的途中，遭遇了伊势湾台风。结果，当山看着亲密无间的好友——救了当山父子的恩人的儿子稻田死去。当山在那个地方打倒了一个男人，仓皇出逃，终至造成教由在台风中失去性命。

杀人者和背信者这两个标签，当山都给自己贴上了。之后，当山一直默默地过着赎罪的人生。当然，要他将稻田教由的死亡向藤之川报告，他实在做不到。

然而，大约五年前，当山偶然风闻稻田家的不幸。教由的兄长，一家之主信隆去世，只剩下了年老的广信和孙女佐和。

那时，当山首次想到了保险金诈骗的计划。他想到，可以将由此得到的钱财作为稻田教由的遗产，寄往藤之川。

当山觉得这个想法很妙，伊藤也是同感。不只是单纯的贪心，其中的包含的友情与侠义也让伊藤动心。伊藤这样供述。

两人都是无法返回故乡的同病相怜人，相互之间都能理解。因此，在认识多岐川萌子之前，伊藤彻底为当山所倾倒。

可是，与萌子“结婚”后，他成了她的肉体的俘虏。伊藤对当山的忠诚之心渐渐消失了。

是那个女人，毁了我和当山。一直像灵魂被抽走似的淡淡地述说着的伊藤，只有在那时，眼中燃起了火焰。虽然伊藤没有多说，很明显，他对萌子是相当娇宠的。两人有了这样的关系后不久，伊藤将当山的脚本全都告诉了萌子，连他自己不过是稻田教由的替身这样一秘密也说了出来。

或许也可以说，三个人之间的信赖关系，就是在那一刻崩溃的。伊藤这样说。

但是，在整体作战结束前，他们还是按照原定计划行事，所有步骤毫无疏忽地执行了。

伊藤“结婚”后，还继续保持他在早稻田公寓住宿的痕迹。设置了录音电话，与以前一样接受翻译工作。原定计划中，伊藤的这一双重生活有着非常重大的意义。稻田教由坠海之后，伊藤将回到本来的生活，却不能让人察觉他有两年不自然的生命空白。

以后的经过，与浅见的推理惊人的相似。“海花号”教由坠海的伎俩、当山的“事故死”及密室坠楼伎俩，全部按浅见的推断在分寸不差地兑现。将伊藤留在南品川公寓的指纹和当山家中的指纹比对后，伊藤说：“没想到你们会有如此完美的证据收集。”他不得不感到由衷的佩服。

不过，有一个地方浅见怎么都不明白。那就是他杀害当山的动机。好不容易成功地完成了保险金诈骗行动，是什么原因让他们相互之间动了杀机。

都是萌子不好。伊藤说。

据伊藤所说，当山在实行保险金诈骗前，向伊藤和萌子提出了条件。那就是，从诈取的保险金中拿出三千万作为稻田教由的遗产寄往他在藤之川的家中，实质上就是“每个人出一千万”。

可实际寄出的，却只是当山一个人的份子。萌子不仅没有履行自己的义务，还巧言将伊藤的那一份也占据了。

当山当然极其愤怒。而且，他还知道萌子自作主张，多投了保，就威胁说要萌子将多投部分的所得拿出来平分。还威胁说，她若不答应，他就要将一切都抖落出去。伊藤认为，当山这绝非只是威胁，极有可能真的打算这样做。萌子也怕了。

“海花号”事件后，三人怕被认为是同伙，自然没有见面。掉入萌子肉体陷阱的伊藤却处于情欲饥饿状态。萌子抓住这个他这个弱点，伊藤基本上全都听萌子的。伊藤的那份钱，也作为在银座开店的资金被擅自使用。作为交换，她时不时让伊藤在情人旅馆品尝她的肉体。

杀害当山的条件是允许伊藤住在优美南青山当山的住所。这是相当有魅力的诱饵。对伊藤来说，这是无法抗拒的诱惑。“密室杀人”的伎俩就是伊藤的主意。

然而，当山成功“自杀”后，伊藤虽如愿成了萌子的邻居，萌子对他的态度却非常冷淡。“我只是允许你住在我的隔壁，并没有说还是和以往一样交往。”萌子跟他明确道。

那时，萌子有了其他男人。伊藤是这样说的，可萌子是否真的有了恋人，却并不清楚。即使没有特定的男人，可如萌子常常挂在嘴边的一样，“住的地方不同了”、伊藤是个无趣之人等，伊藤成了她厌恶的对象。

然而，对伊藤来说，这就是萌子令人无法原谅的背信行为了。

萌子的言行不断践踏伊藤的尊严。有时，她还特意让伊藤看到她身旁男人的身姿。而且，萌子明知道伊藤在千辛万苦地筹集购买公寓的资金，却依然不将伊藤的那份钱还给他。

在伊藤抑郁的心中，对萌子的杀心逐渐膨胀起来。

浅见与佐和对萌子的接近，刚好就在那个时候。

萌子有些害怕的样子，让伊藤也感到了事态的严重。尤其是佐和的访问，让萌子知道“调查”已经相当接近核心了。萌子气急败坏的样子，让伊藤感觉到，她马上就会露出破绽的，会因此坏了大事。

“善，你好歹做点儿什么呀！我是无所谓啦，杀害当山的可是善哦。”听到萌子这么说的时候，伊藤就决定了要杀死萌子了。

只要杀了萌子，我就是安全的了。伊藤述说着杀害萌子的动机。可在此之前，他对萌子的憎恶也是确切的。

爱和憎恶，让盲目的伊藤犯下了罪行。“为了收拾稻田佐和。为此，我买了短刀。”

根据伊藤的指示，萌子买来了短刀。萌子不可能想到，那把短刀却成了刺杀自己的凶器。

那天——伊藤一点钟前就来到萌子的房间，杀死了萌子。

那一刻，面对伊藤的短刀，萌子无法不惊愕。她瞪大了眼睛，连说话的时间也没有就死了。

伊藤将短刀装回刀鞘，放在玄关的瓷砖地板上，将门保持在没有关严的状态。然后，他回了自己房间。

我想，这一下，完美的犯罪行动就将大功告成了。伊藤说完后，脸上浮起了令人不可理喻的微笑。

尾声

“海花号”纯白的船体横靠在码头的前端。

“又是一个人的旅行啊?”浅见说道。此时，他的目光没有放在佐和身上，而是看向了另一个方向。“下次再乘坐，希望能一起。”

这是浅见婉转的求婚。不过，佐和是否能够听懂，浅见没有自信。

“什么时候?”佐和黑色的眸子睁得大大的，盯着浅见。

对佐和这种敲一下就会有回应的伶俐，浅见很是满足。“什么时候都可以，就看你的想法了。”

“那么，现在……吧。”佐和说完，脸上一片羞红。

“开玩笑的。”

看着大海方向，佐和突然沉默了。

乘客们三三两两地消失在船腹中。码头上送客的人数不断在增加。心急的乘客已经从船上扔下了彩带，呼唤声不断响起。

“差不多该上船了。我拜托过堀之内了，旅程不用担心。不过还是要多注意哦！”

“好的。”佐和转过身来说道，“谢谢你的关照。”说罢，低头行礼。

“我在这里送你。问你祖父好。”

佐和走了几步，又停了下来。“我不扔彩带。我讨厌断掉。”

浅见不禁笑了。佐和虽然这样说，当她出现在船侧时，还是扔下了两条红色的彩带。一条被风吹走了，另一条成功地到了浅见的手中。干燥、温柔的感触，让人觉得这才是珍贵的。浅见小心地握着彩带。

不知道是佐和在拉还是风吹的原因，彩带传来轻微的声音。

红线的传说——浅见突然想到这个。然后，他又意识到佐和的身上，流淌着平家一族的血脉。他感觉，自己与佐和是冥冥中难以逃脱的宿命因缘。同时，隐藏在藤之川的平家根深蒂固的错觉会不会困住佐和，不让她离开？浅见就这样，一直在胡思乱想着。

仰头看去，船上的佐和显得很瘦小，她含泪欲哭的脸上显现的是强笑。

“你能抛弃故乡吗?”浅见出声问道。

当然，她不可能听到的。不过，佐和此时却清楚地回答说:“嗯。”还点了点头。

船逐渐离开岸壁，手中的彩带毫不留情地被夺走。落在脚边的卷芯，咕噜咕噜地转着。不久，彩带就到了尽头。

这个瞬间，佐和放了手。两条红色的彩带飘舞着落下。浅见确实看见了，没有等到断掉而松手的是佐和的善良、无比的爱怜。

“呜——”“海花号”拉响了汽笛。船体向着它的航路，开始了右旋。

图字：01 -2011 -7386

图书在版编目（CIP）数据

平家传说事件／（日）内田康夫著；张亦依译．—北京：群众出版社，2012.1

ISBN 978－7－5014－4942－2

Ⅰ.①平…　Ⅱ.①内…②张…　Ⅲ.①侦探小说—日本—现代

Ⅳ.①I313.45

中国版本图书馆 CIP 数据核字（2011）第 238577 号

平家传说事件

（日）内田康夫　著　张亦依　译　吴建中　审订

出版发行：群众出版社

地　　址：北京市西城区木樨地南里

邮政编码：100038

经　　销：新华书店

印　　刷：北京泰锐印刷有限责任公司

版　　次：2013 年 5 月第 1 版

印　　次：2013 年 5 月第 1 次

印　　张：7.25

开　　本：880 毫米×1230 毫米　1/32

字　　数：154 千字

书　　号：ISBN 978－7－5014－4942－2

定　　价：28.00 元

网　　址：www.qzcbs.com

电子邮箱：exiaoxiaohong@hotmail.com

营销中心电话：010－83903254

读者服务部电话（门市）：010－83903257

警官读者俱乐部电话（网购、邮购）：010－83903253

文艺分社电话：010－83901730　　010－83903973

